꿈을 심는
희망의 새 길

꿈을 심는 희망의 새 길

초판 1쇄 발행 2014년 3월 5일
초판 2쇄 발행 2015년 7월 1일

지 은 이   나용찬
발 행 인   권선복
편집주간   김정웅
편   집   한영미
디 자 인   최새롬
마 케 팅   정희철
전 자 책   신미경
발 행 처   도서출판 행복에너지
출판등록   제315-2011-000035호
주   소   (157-010) 서울특별시 강서구 화곡로 232
전   화   0505-613-6133
팩   스   0303-0799-1560
홈페이지   www.happybook.or.kr
이 메 일   ksbdata@daum.net

값 10,000원
ISBN 979-11-5602-043-1   03810
Copyright ⓒ 나용찬, 2014

도서출판 행복에너지는 독자 여러분의 아이디어와 원고 투고를 기다립니다. 책으로 만들기를 원하는 콘
텐츠가 있으신 분은 이메일이나 홈페이지를 통해 간단한 기획서와 기획의도, 연락처 등을 보내주십시오.
행복에너지의 문은 언제나 활짝 열려 있습니다.

꿈을 심는 희망의 새 길

나용찬 지음

도서
출판 행복에너지

추천사

경대수 새누리당 국회의원

나용찬 교수의 『꿈을 심는 희망의 새 길』에는 나용찬 교수가 스스로를 뒤돌아보며 그동안 걸어왔던 삶을 회고하는 자기성찰의 고백이 담겨 있다고 생각한다. 나용찬 교수가 담담하게 써 내려간 여러 이야기들이 독자 여러분들의 가슴속에 감동과 교훈으로 전해질 것이라 기대한다.

문재열 괴산군 노인회장

우리나라에서도 선진국화와 더불어 고령화가 급속히 진행됨에 따라 노인 문제가 급부상하고 있다. 많은 이들이 나용찬 교수의 책 『꿈을 심는 희망의 새 길』에 담겨 있는 인의예지仁義禮智를 가슴에 깊이 새기고 충효忠孝를 실천하며 살아가는 아름다운 세상이 되기를 기원한다.

대한민국의 정중앙에 위치한 괴산은, 충북에서 가장 먼저 3·1만
세운동이 일어난 충절과 호국의 고장입니다. 또한 산자수려한 청
정자연은 2015년 세계유기농엑스포 개최와 함께 유기농업의 중
심으로 자리매김하고 있습니다.

나용찬 교수는 항상 솔선수범하는 자세로 지역사회에 많은 관심
과 애정을 가져왔습니다. 그러한 삶의 태도가 이 책에 오롯이 담
겨 보는 이에게 보다 많은 공감을 주는 것이라 생각합니다.

이춘택 사단법인 충북향토문화연구소장

예로부터 신선들의 정원이라고 불릴 만큼 아름다운 경관을 자랑
하는 고장 충북 괴산에는 여러 가지 향토문화가 살아 숨 쉬고 있
다. 홍범식 고택(충북도 민속자료 14호), 매년 성황리에 개최되는 괴산
고추축제, 최근 힐링의 명소로 떠오른 아름다운 산막이 옛길 등
등. 이러한 향토문화를 제 몸처럼 아끼고 사랑하는 나용찬 교수가
쓴 책 『꿈을 심는 희망의 새 길』을 읽으며 괴산이 얼마나 자랑스러
운 지역인지를 다시 한 번 깨닫는다.

홍일기 괴산중앙교회 목사

나용찬 교수는 언제나 하나님의 은혜가 함께하는 사람이라는 생각이 듭니다. 이 책 『꿈을 심는 희망의 새 길』에 담긴 이야기에도 잘 나와 있듯 항상 겸손을 잃지 않고 주민들을 공손히 대접하는 모습을 보면 참으로 모든 사람에게 귀감이 될 만하다는 생각이 듭니다. 앞으로 주민들을 평생 돕고 섬기며 살아갈 그에게 하나님의 은혜가 있기를 기도합니다.

성양수 괴산국가보훈회장(상이군경회장)

예로부터 괴산은 충효사상이 남다르게 뛰어난 곳이다. 이제는 우리 모두가 국가 유공자의 애국정신을 기리어, 전투나 공무 중에 몸을 다친 군인과 경찰관들을 더욱 자랑스럽게 모셔야 할 때이다. 나용찬 교수는 누구보다 애국정신이 투철한 사람이다. 어떤 상황에서도 우리들의 입장을 간과하지 않는 그의 마음 씀씀이가 오롯이 담긴 이 책 『꿈을 심는 희망의 새 길』을 통해 큰 감동을 받는다. 진정한 애국이란 이런 것이다.

유정희 괴산문화원 자문위원

현재 평범한 직장인으로 살아가는 여성들에게도, 성공한 리더가 될 수 있는 길은 얼마든지 열려 있다. 나용찬 교수의 『꿈을 심는 희망의 새 길』에는, 꿈의 씨앗을 심어 희망의 열매를 거두는 진솔한 이야기들이 담겨 있다. 이 책의 마지막 장을 덮으며 왜 '함께' '소통'하는 진정한 리더가 이 사회에 절실한지, 피부로 느낄 수 있었다.

···················· **강순임** 한국시조협회 충청북도지부장 ····················

인생은 한 편의 아름다운 시조입니다. 그 누구의 인생이든 마찬가지입니다. 수많은 굴곡이 있었더라도 이를 견디어 낼 수 있는 힘이 우리 인간에게는 있기에 삶은 아름답습니다. 나용찬 교수님의 『꿈을 심는 희망의 새 길』에 담긴 이야기들이 큰 울림으로 다가오는 까닭이 바로 거기에 있습니다.

···················· **권오덕** 중앙엽연초생산협동조합장 ····················

나용찬 교수는 순수한 농사꾼의 아들이다. 그의 부친은 담배농사를 많이 지으셨다. 그래서 누구보다 농사꾼의 노고와 그 정직한 땀의 대가에 대해 알고 있다. 땀의 가치를 아는 사람만이 어떤 일을 하든 성공할 수 있다. 그의 책 『꿈을 심는 희망의 새 길』에서 그가 땀으로 이루어 낸 성공의 결과를 확인할 수 있었다.

조영탁 (주)휴넷 대표이사

꿈을 꾸는 것보다 중요한 것은 실행입니다. 직접 실천하지 않는 꿈은 허황된 꿈에 불과합니다. 책『꿈을 심는 희망의 새 길』을 보며 실행의 힘이 얼마나 위대한지를 새삼 느낍니다. 좋은 책을 출간하신 나용찬 박사님께 진심으로 축하의 인사를 전합니다.

김전순 전몰군경유족회 괴산지회장

이념과 정당, 정파를 떠나서 전몰군경은 우리나라를 지키기 위해 목숨 바쳐 싸우신 분들입니다. 그런데도 불구하고 그에 맞는 존경과 예우를 받지 못할 때가 많습니다. 나용찬 교수님은 언제나 큰 관심과 애정으로 저희를 다독여 주셨습니다. 이 책에 담긴 나용찬 교수님의 따뜻한 마음이 수많은 독자들의 가슴에 잔잔한 여운을 남기길 바랍니다.

나가세 준코 이주여성모임회장

한국에도 점차 다문화가족들이 늘고 있는 추세이다. 그런데도 이들에 대한 관심과 배려는 턱없이 부족하다. 다문화가족들과 이주여성들이 대한민국 국민으로서 함께 살아갈 수 있도록, 가까이 있는 사람부터 도와주어야 한다. 나용찬 교수님은 앞장서서 '가슴을 열어 사랑을, 관심을 넘어 실천을' 하고 계신다. 그것만으로도 책 『꿈을 심는 희망의 새 길』은 어느 독자에게든 '다 함께 행복한 세상'을 꿈꾸게 할 것이다.

·········· **고승관** 前 홍익대학교 조형대학장 ··········

스스로를 괴산 촌놈이라고 일컫는 나용찬 박사의 책 『꿈을 심는 희망의 새 길』은 펜으로 정성스레 적은 손 편지처럼 따뜻하고 정감이 있다. 고향이 인간에게 가져다주는 문화성과 문화적 가치가 무엇인지, 우리는 왜 문화창작을 통해 행복함을 느끼는지, 애향심을 가져야 하는지를 그의 '괴산 사랑'을 통해 절실히 느낄 수 있었다.

·········· **무원 합장** 부산 삼광사 주지 ··········

나용찬 교수와 참으로 귀한 인연을 맺은 것에 감사드립니다. 나용찬 교수는 언제나 사람들을 행복하게 만들어 주는 사람입니다. 이 책 『꿈을 심는 희망의 새 길』을 읽으신 분들은 꼭 삶의 행복지수가 높아질 것이라 믿습니다. 나용찬 교수가 앞으로도 세상에서 부처님의 자비를 잘 전하며 살아가길 바랍니다.

괴산 청결고추는 깨끗한 물을 먹고 자라 색이 선명하고 산뜻해 다른 고추와는 비교할 수 없는 특유의 맛과 향이 있다. 괴산 청결고추가 명실상부한 최고의 고추로 자리 잡기 위해서는 고추 생산기술의 전문화와 브랜드, 유통체계의 개선 등이 필요하다. 이러한 실질적인 일들을 열정적으로 돕고 있는 이가 나용찬 교수이다. 그의 끊임없는 열정의 이야기 『꿈을 심는 희망의 새 길』 출간을 진심으로 축하드린다.

나용찬 박사는 젊은 시절부터 '게을러서 못하는 것은 죄'라는 일념으로, 배움에 있어서도 그 도전을 멈추지 않았다. 그에게 '포기'라는 단어는 존재하지 않았다. 남들보다 열악한 상황에서도 일과 공부를 병행함으로써 마침내 박사 학위를 따기까지, 그의 삶 자체가 한 편의 감동적인 드라마이다. 그의 불굴의 도전 정신과 진정한 용기를 잔잔하게 풀어낸 책 『꿈을 심는 희망의 새 길』의 일독을 그 어느 독자에게든 권하는 바이다.

······· **유경자** 괴산남산라이온스 회장 ·······

나용찬 교수는 어둡고 그늘진 계층의 목소리에도 귀를 기울일 줄 아는 사람이다. 그 섬세함과 따뜻함으로 소외된 이웃을 위해 봉사하고, 청소년 보호활동 및 여성권익의 신장을 위해서도 노력하고 있음을 느낄 수 있다. 그의 책『꿈을 심는 희망의 새 길』을 통해 보다 많은 이들이 꿈과 희망을 나눌 수 있게 되길 소망한다.

······· **장재영** 괴산재향경우회장 ·······

아무리 시련과 절망이 깊어도 꿈이 존재하는 한 세상은 여전히 낙원입니다.『꿈을 심는 희망의 새 길』에는 꿈을 꾸고 그것을 실천하며 그것을 이루어내는, 나용찬 교수만의 삶의 방정식이 실려 있습니다. 이 책을 읽는 독자들 역시 그의 삶의 지혜를 통해, 인생의 아름다운 수를 놓게 되리라 믿으며 일독을 권합니다.

······· **이보규** 21세기 발전연구소장 ·······

고향 선배로서 오랫동안 지켜봤던 나용찬 후배는 고향사랑에 남다른 정성을 보여왔습니다. 바쁜 생활을 하며 틈틈이 모아 온 자료를 엮어 낸 그의 책『꿈을 심는 희망의 새 길』 출간을 진심으로 축하드립니다. 항상 원칙과 소신을 지키며 열정과 도전정신으로

추천사 ·· 13

살아왔던 그의 이야기가 많은 사람들에게 널리 읽힐 수 있길 바랍니다.

─────── **박해평** 前 정문·정진학교 교장 ···············

자라나는 아이들에게 본보기가 될 만한 어른들의 모습이 많이 사라져 안타까운 요즘입니다. 하지만 나용찬 교수님만큼은 우리 미래를 짊어진 청소년, 청년들에게 귀감이 되는 분입니다. 『꿈을 심는 희망의 새 길』에 담긴 삶의 열정과 애향심이 우리 아이들에게 큰 깨우침을 주길 기대합니다.

·············· **이양재** 농업인단체협의회장 ···············

스스로 '괴산 촌놈'임을 자랑스러워하는 나용찬 교수는, 틈만 나면 풍요로운 복지농촌 건설을 위한 숙고를 거듭한다. '어떻게 하면 농민이 조금이라도 더 잘살 수 있을까?' 하는 질문을 끊임없이 던진다. 책 『꿈을 심는 희망의 새 길』을 꼼꼼히 읽다 보니 발전을 거듭할 괴산의 미래가 눈에 잡히는 듯하다. 무엇보다 '농민의, 농민에 의한, 농민을 위한' 그의 진정성이 느껴지기에 가능한 일이다.

요즘은 바야흐로 평생 배움의 시대이다. 배움에는 끝이 없음을 나용찬 교수의 『꿈을 심는 희망의 새 길』을 통해 다시 한 번 깨닫는다. 훌륭하신 부모님의 가르침을 평소에도 잊지 않고 실천하고 있는 그를, 바라보는 것은 무척 흐뭇하고 기쁜 일이다. 그의 꿈처럼 더 행복하고 더 신바람 나는 열정의 삶을 살아가시리라 믿는다.

나용찬 교수가 고향으로 돌아와 제일 먼저 우리 학교에 입교했을 때, 나는 첫눈에 알아보았다. 그는 뼛속 깊이 충忠·효孝·예禮의 사상이 몸에 배어 있는 사람이었다. 더욱이 고향과 고향 사람들을 사랑하는 그의 마음에는 감탄사가 절로 나왔다. 『꿈을 심는 희망의 새 길』의 출간을 축하드리며, 그와 같이 보다 많은 이들이 전통문화에 애정을 갖게 되길 바란다.

정치 분야를 비롯한 사회 곳곳에 여성의 진출이 증가하고 여성의 제도적 권한도 과거에 비해 높아졌지만, 여전히 양성 평등을 위해 개선되어야 할 것이 많다. 이러한 시기에 출간된 나용찬 교수님의 책 『꿈을 심는 희망의 새 길』을 통해 우리 사회의 다양한 잠재력이 발휘되어 남녀 모두 행복한 세상을 만들어 나갈 방안을 찾은 것만 같아 무척 기쁘다.

·············· **조성주** 괴산문화사랑회장 ··············

나용찬 교수는 문학을 좋아하고 글쓰기에도 재능이 뛰어난 사람이다. 순경으로 경찰에 입문하여 총경으로 퇴임하기까지 35년의 공직생활과, 고향으로 돌아와 후학을 가르치며 하루하루 최선을 다해 살아가는 그의 이야기가 한 권의 책으로 묶였다. 출판을 진심으로 축하드리며 그의 꿈의 향기가 온 세상에 퍼지기를 기대한다.

·············· **박상융** 변호사·前 양천경찰서장 ··············

나용찬 박사님과는 제가 양천경찰서장으로 재직할 당시 함께 동고동락했습니다. 온화한 미소 속에 숨겨진 강직함으로 상하 모두에게 존경을 받으신 분이었습니다. 늘 주변에 행복을 나누어주시는 나용찬 박사님의 책 『꿈을 심는 희망의 새 길』에 담긴 이야기를 통해 수많은 독자들의 얼굴에도 미소가 번지길 기대합니다.

35년간의 경찰 공무원 생활을 모범적으로 마치신 나용찬 교수님은, 저희 후배들에게는 말 그대로 귀감이 되시는 분입니다. 언제나 민원인 한 사람 한 사람에게 정성을 다하시고, 그들의 민원을 해결하기 위해 불철주야 뛰어다니시던 모습이 아직도 생생합니다. 『꿈을 심는 희망의 새 길』이 일선 경찰서뿐 아니라 민생의 현장에 있는 경찰들에게 꿈을 심어주는 책이 되리라 확신합니다.

················· **최재영** 정경미디어그룹 회장 ·················

이 책을 읽다 보니 고향 괴산과 괴산군민을 사랑하는 나용찬 박사님의 마음이 얼마나 큰지 쉽게 알 수 있었습니다. 책 『꿈을 심는 희망의 새 길』에서 빛을 발하는 봉사와 희생이란 가치가 널리 퍼져 우리 사회가 한 단계 성숙하는 계기가 되길 희망합니다.

················· **정찬옥** 前 성동구의회 의장 ·················

군의회가 권력기관이 아닌 군민들을 진실로 섬기고 군민 의견을 최대한 행정에 반영할 때 신뢰를 얻을 수 있는 것처럼, 누구에게나 마음과 귀를 열어놓고 그 조정과 견제 역할을 톡톡히 해내는 이가 바로 나용찬 교수다. 그에게는 어느 쪽에도 치우치지 않는

균형 감각이 있다. 책『꿈을 심는 희망의 새 길』이 균형 있게 발전
할 대한민국의 미래에 작은 보탬이 될 것을 믿는다.

·················· **정웅태** 괴산군 농민회장 ··················

나용찬 교수는 참으로 다재다능한 사람이다. 그래서 농촌발전을
위해 무엇을 해야 할지 정확히 알고 있으며『꿈을 심는 희망의 새
길』에 그 모든 이야기가 들어 있다. 괴산엔 천혜의 자연이 있고 그
자연과 더불어 살아가는 농민들이 많다. 이 책이 농민들의 생활에
현실적으로 크나큰 도움을 줄 것이라 믿어 의심치 않는다.

·········· **이희선** 한양대학교 정책과학대학 교수(나용찬 지도교수) ··········

힘든 직장생활을 하며 박사과정의 공부를 한다는 것은 결코 쉬운
일은 아니었다. 그런데 나용찬 박사는 정말 투철한 사명감으로 일
해 온 것은 물론 열정적으로 공부하여 박사학위를 취득하였다. 아
직도 청년 같은 그의 열정이 참으로 대단하다. 모든 일에 있어 최
선을 다하는 성실함과 현명한 판단력을 이 책을 통해 다시 한 번
느낄 수 있었다.

윤상학 괴산로타리클럽회장

고향을 아끼고 사랑하는 사람을 만나면 늘 마음이 풍족해집니다. 그런 까닭에 『꿈을 심는 희망의 새 길』을 읽는 내내 세상을 다 가진 것만 같은 기분을 느꼈습니다. 앞으로도 한결같은 모습 모여주시길 기대하며 책 출간을 진심으로 축하드립니다.

정만섭 강서교육지원청장

마음이 따뜻한 사람을 만나는 일만큼 삶을 행복하게 만드는 게 있을까요? 책도 마찬가지입니다. 진심을 담은 책, 긍정의 가치를 담은 책을 만나면 하루가 행복하고 한 달이 행복하고 일 년이 행복합니다. 『꿈을 심는 희망의 새 길』이 바로 그런 책입니다. 나용찬 박사님께 큰 감사의 말씀을 보냅니다.

권옥자 대한민국경찰유가족회 회장

주변을 돌아볼 줄 아는 사람만큼 아름다운 사람도 없다. 나용찬 박사님은 소홀하기 쉬운 주변 구석구석에 애정을 쏟는 분이다. 상이군경의 복지 향상을 위해 애쓰는 나용찬 박사님의 책 『꿈을 심는 희망의 새 길』을 많은 독자들이 접하고 본인만이 아닌, 주변 모두를 챙기고 보듬는 사람이 되길 기원한다.

최규하 시니어랜드 대표

우리나라에는 600만 명의 노약자와 500만 명의 장애인이 있습니다. 현재 노약자와 장애인의 현실을 돌아봤을 때, 아직까지도 생활의 안정을 보장받지 못하고 있는 것이 사실입니다. 언제나 노약자와 장애인의 인권과 권익을 위하여 노력하시는 나용찬 교수님의 책 출간을 진심으로 축하드리며 『꿈을 심는 희망의 새 길』을 읽은 독자들이 우리 주변의 삶을 한 번 살펴봐 주시는 계기가 되길 기원합니다.

최태정 前 대한씨름협회 회장

아무리 작은 인연이라도 소중히 여기는 나용찬 박사님의 이야기들을 읽으니 마음 한쪽이 따뜻합니다. 책의 제목처럼 사람 그 자체가 꿈이 되고 작은 인연이 희망이 되는 세상에 더 가까워졌음을 이 책 『꿈을 심는 희망의 새 길』을 통해 느꼈습니다. 앞으로도 이 세상을 따뜻하게 할 이야기들을 많이 들려주시기 바랍니다.

가슴으로 느끼고 발로 뛰어라

어떤 사람이 링컨에게 물었다.

"당신은 교육도 제대로 못 받은 시골 출신이면서 어떻게 변호사가 되고 미국 대통령까지 될 수 있었습니까?"

링컨이 대답했다.

"내가 마음먹은 날, 이미 절반은 이루어진 것이오. 꿈과 희망을 가지고 나갈때 목적을 이룰 수 있습니다."

그렇다. 자신을 돌아보고 목표를 세우는 것만으로도, 꿈을 이루는 여정의 절반을 온 것이나 다름없다. 그 다음에 할 일은 스스로를 믿고, 자신의 의지와 신념대로 꾸준히 나아가는 일뿐이다. 그렇게 어제보다 오늘 더 노력하며 한 걸음씩 전진하다 보면, 어느새 꿈의 목적지에 도달해 있는 자신을 발견하게 될 것이다.

특히 젊은 학생들과 이야기를 나누어보면 그들의 살아 있는 눈빛에서 이 나라의 희망을 본다. 학생 한 사람 한 사람이 자신의 꿈을 이루기 위해 불타오르고 있음을, 현장에서 피부로 느끼기 때문이다. 꿈이야말로 모든 성공의 시발점이라 할 수 있다.

어떤 꿈이든 간절하게 소망하고, 그것을 진정으로 믿으며, 열정적으로 실천에 옮긴다면, 하느님도 감동하여 기꺼이 그의 편이 되어줄 것이다. 이것이 이 세상에 존재하는 위대한 진실이며, 이래서 또 살맛 나는 세상이 되는 것이다. 즉 머리가 아닌 가슴으로 느끼고, 직접 발로 뛰어다닐 때 비로소 꿈을 이룰 수 있다.

물론 간혹 길을 잃을 때도 있다. 그러나 길을 잃었다고 해서 길이 끊긴 것은 아니다. 다시 집중하여 옳은 방향을 잡고 새 길을 찾아야 한다. 성공한 사람과 성공하지 못한 사람의 차이는, 얼마나 많이 '실패'했느냐가 아니라 그 실패를 두려워하지 않고 얼마나 다시 '도전'했느냐에 달려 있다. 추운 겨울을 보낸 나무들이 더 아름다운 꽃을 피운다 하지 않는가.

나는 순수한 농사꾼의 아들이자 괴산 촌놈으로, 24세에 경찰 공무원으로 사회에 첫발을 내딛었다. 그때부터 지금까지 내 가슴속에 변치 않는 꿈과 바람이 있다.

현직에 충실하자 그리고 최선을 다해 일하자, 퇴직한 다음 날에는 괴산으로 돌아오리다. 늘 함께 하는 사람들과 온기를 느끼며 풍요로움을 느끼는 세상, 땀 흘려 일한 만큼 튼실히 열매 맺는 세상이었으면 좋겠다.

그런 행복한 세상, 잘사는 농촌, 신나는 괴산을 만드는 것이 나의 소망이었다. 이 시대 국민이 원하는 것이 무엇인지를 파악하며 국민을 위해 봉사하고 국민이 원하는 일을 품격있게 해주어서 국민들의 삶이 편안하고 윤택해지도록 혼신을 다해 일하겠다는 것이다.

나는 순경으로 시작하여 총경으로 퇴임할 때까지 국민이 원하는 것이 무엇인지 찾아서 일했다. 경찰공무원으로 근무하며 대학과 대학원 공부를 주경야독하고 국민을 위한 삶이 무엇인지 배우고 깨우쳐 왔다. 고향으로 돌아와 제2의 인생을 시작한 지금까지 나의 철학을 가슴에 새기며 철저하게 지키고자 노력해 오고있다.

나의 생명같은 철학은 "누군가 할 일이라면 '내'가 하고, 내가 할 일이라면 '지금' 한다."이다. 남들보다 더 일하는 것을 늘 보람으로 느껴왔다. 할 일이 있다면 오늘 바로 하는 것. 이것이 곧 괴산 촌놈의 뚝심, 농사를 짓는 마음으로 정성을 다해 살아온 것이 지금 나의 자산이다.

　길다면 길고 짧다면 짧은 35년간의 공직 생활을 끝마치고 그토록 그리워하던 고향으로 돌아와 새로운 출발선 앞에 서게 된 지금, 어느 때보다 담담하게 내 걸어온 길과 앞으로 걸어갈 길에 대해 생각해 본다.

　바라건대 내 삶과 내 생각을 가감 없이 기록해 놓은 이 책『꿈을 심는 희망의 새 길』이 꿈과 야망을 가지고 살아가는 사람들에게 작은 위안이 되기를 희망한다.

　나 역시 꿈을 꾼다. 가슴속에 둥지를 튼 나의 꿈을 실현하기 위해 오늘도 변함없이 가슴으로 느끼고 발로 뛴다. 꿈을 꾸고 꿈을 해몽하며 꿈같은 비전을 제시하고 실천할때 어떤 역경이 닥친다 해도 그것을 극복해 낼 배짱이 있다. 꿈에는 그만큼 강력한 희망이 내포되어 있기 때문이다.

　더불어서 이 땅의 젊은이들과 이 아름다운 미래를 꿈꾸고, 노인 어른을 공경하며 그 나래를 활짝 펼 수 있는 행복한 희망의 나라가 되는 그날까지, 온 마음과 온힘을 다해 정성으로 일할때 오늘보다 더 좋은 내일이 펼쳐질 것으로 기대한다.

2014년 봄의 초입에서

나용찬

차례

제1장

누군가 할 일이라면 '내'가 하고,
내가 할 일이라면 '지금' 한다

제4장

인연

부록 긍정바이러스

· ·

누군가 할 일이라면
'내'가 하고,
내가 할 일이라면 '지금' 한다

농사꾼의 아들

충청북도 괴산!

어디를 가나 늘 푸른 산과 숲 그리고 맑은 물이 함께 어우러지는 곳, 그곳이 바로 나의 고향 괴산이다. 참으로 행복하게도 나는 청정 지역의 그 싱그러운 산바람과 연못이 있는 골짜기 바람을 온몸으로 맞으며 자랐다. 천생 농사꾼이셨던 아버님의 일을 돕기 위해 어릴 때부터 자주 논과 밭으로 나가곤 했었는데, 그때마다 내 눈과 내 가슴에 담겼던 고향 마을은 군자산 아래 작은 마을로 포근하고 따뜻한 모습이었다.

우리 형제는 원래 11남매였다. 그러나 그중 7남매를 잃고 큰누

아버님 회갑 때 찍은 사진

님과 작은누님, 그리고 나와 남동생 이렇게 4남매만 남았다. 부모님께서 자식들을 하도 많이 잃으니까 내가 태어났을 때는 죽지 말라고 나를 실경에 올려놓았다고 한다. 실경이란 시렁의 사투리로 물건을 얹어놓기 위하여 방이나 마루 벽에 두 개의 긴 나무를 가로질러 선반처럼 만든 것을 말한다. 옛날에는 대부분의 집들이 초가삼간이었는데 우리 집도 마찬가지였다. 부엌이 있고 안방이 있고 윗방이 있었다. 그 윗방에 나무때기 2개를 옆으로 걸어놓고 그 위에 나를 올려놓은 것이다. 그 후 부모님께서는 자란 후에도 초

하룻날과 보름날만 되면 장독 위에 정화수를 떠놓고 나와 동생을 위해 "비나이다. 비나이다. 신령님께 비나이다."라며 간절히 기도를 올리시던 모습이 아직도 생생하게 기억난다.

　지금도 애기를 낳아 7남매를 잃으셨을 당시 '부모님 심정이 오죽했을까?'를 생각하면 가슴이 아파온다. 그래서였는지 나는 어린 나이에도 불구하고 자식을 일곱이나 잃은 부모님의 슬픔을 항상 염두에 두고 있었다. 현실적으로 내가 장남이 되어야 했기 때문에, 아마도 또래 친구들에 비해 일찍 철이 들었던 것 같다. 더욱이 동네의 다른 집들은 장남이 이미 장성해서 부모님의 힘든 일을 척척 거들어 주니 무척 든든했을 것이었다. 그런데 우리 집은 내가 아직 어리다 보니 부모님께 크게 도움을 드릴 수 없었다. 자식을 잃은 것만으로도 평생을 힘들게 사셨을 두 분인데, 아들을 늦게 두어 나이가 드신 아버님이 힘든 일을 도맡아 하시는 것이 늘 내겐 가슴 아픈 일이었다.

　그래서 나는 조금이라도 부모님의 일손을 덜어드리기 위해, 내가 할 수 있는 최선을 다하려고 노력했다. 아버님이 시키지 않아도 알아서 소죽을 쑨다든지 나무를 해오는 것 등이 그것이었다.

어머님 일도 마찬가지였다. 두 분의 누님이 출가하기 전에는 누님들이 부엌살림을 도맡아왔지만, 작은누님까지 결혼하고 나니 어머님 혼자 부엌일하랴 들일하랴 무척 힘들어 하셨다. 작은누님은 내가 중학교 2학년때 시집을 갔는데 그때부터 교복은 내가 빨아서 입어야했다. 그리고 매주 주말이 되면 설거지는 말할 것도 없고 찬장에 있는 그릇까지 다 꺼내서 닦고 안방에서부터 윗방, 마당, 뒤뜰까지 대청소는 내 몫이었다.

부모님을 도울 수 있는 일이 생기면 내가 먼저 발 벗고 나섰다. 부모님 말씀에는 언제나 "예!"라고 대답하려고 노력했다. 어린 마음에도 부모님 말씀에 순종하고, 모자라는 집안의 일손을 돕기 위해 친구들과 품앗이, 보리 베기, 보내기, 피사리를 다니곤 했다. 청소년 시절 나의 인격형성에 가장 큰 영향을 받은 것은 중학교 2학년 때부터 교회에 다닌 신앙의 힘이었다. 기도생활을 통해 지난 일들을 반성하며 잘못한 행동을 회개하고 현재의 나는 누구이며 어디에 와있는가, 그리고 앞으로의 일들을 계획하고 하느님께 다짐하는 기도가 올바른 행동으로 옮기게 하였다고 생각한다.

내 아버님은 전형적인 농사꾼으로 96세까지 건강하게 사셨다. 당신 스스로가 땀을 흘려 일한 만큼 정직하게 돌려받을 수 있는 농사꾼임을 늘 자랑스럽게 여기셨다. 또한 아버님은 경우에 어긋나지 않게 살라는 가르침을 말로만이 아닌 몸소 행동으로 보여주신, 성품이 올곧고 강직한 분이셨다. 그런 아버님이 계셨기에 나역시 순수한 농사꾼의 아들이라는 사실에 자긍심을 갖고 살 수 있었다.

덕분에 나는 지금까지도 어디에 가든 누구에게나 '괴산 촌놈'이라는 말을 서슴없이 한다. 그것은 아름다운 내 고향 괴산에 대한 애향심 때문이기도 하지만, 내가 정직하게 일하고 정직하게 대가를 받는 순수한 농사꾼의 아들이라는 사실이 무엇보다 자랑스럽기 때문이다.

부모님이 남겨주신 두 권의 책

"아버님 어머님이 각각 한 권씩, 두 권의 책을 저에게 남기셨습
니다."

아버님은 96세를 일기로 돌아가셨다. 어릴 때부터 "늘 경우에
맞게, 살아라!"라고 가르치셨다. 즉 사람의 도리를 다하라는 말씀
이셨다. 또한 물건을 외상으로 구매하거나 술을 마시고 남에게 싫
은 소리 한 번 하지 않으셨다. 술도 음식이기 때문에 적당히 마셔
야 하고 먹고 나면 기분이 좋아야 하고, 좋은 음식 먹고 싫은 소리
하는 것은 경우가 아니라고 말씀하셨다. 아버님께서 술을 드시고
두루마기 자락에 흙 묻힌 걸 본 기억이 없다. 이렇듯 평소 아버님

께서 가르쳐 주신 삶의 교훈은 현재 내 삶의 근간을 이루고 있다. 어떤 상황에서든 원칙을 지키고, 내 입장에서뿐만 아니라 상대의 입장에서도 경우에 어긋남이 없이 행동하기 위해 나는 지금도 최선의 노력을 다하고 있다.

어머님은 75세레 돌아가셨다. 생전에 한 번도 남에게 싫은 소리를 하시거나 모진 소리를 해보신 적이 없는 분이었다. 농사일을 하다 보면 간혹 일꾼 문제나 논에 물 대는 것 때문에 이웃 간에도 감정이 상하거나 싸움이 일어나곤 했는데, 그때마다 어머님은 한결같이 "참아라. 참을 인忍 자 세 번을 쓰면 살인을 막는다 했다. 그러니 참고 또 참아라."라는 말씀을 입에 달고 사셨다.

아버님과 어머님이 한평생 살아오신 모습과 이 진실한 가르침은 두 권의 책이 되어, 내 인생의 자양분이 돼주었다. 이 세상의 그 어떤 책보다 내게는 가장 값지고 소중한 인생의 지침서인 셈이다. 나는 부모님이 돌아가신 후에도 두 분의 가르침을 잊지 않기 위해, 부모님 비석 위에 그대로 새겨 넣었다.

지금 와서 생각해 보면 35년간 공직 생활을 하는 동안 사회 각계각층의 사람들과 공고한 인간관계를 맺을 수 있던 것도, 우리가

1977년 칠성교회에서 찍은 부모님의 모습

서로를 배려하며 화목하게 살아가는 것도, 모두 부모님의 가르침
을 가슴속에 담고 살았기 때문일 것이다.

오늘날 나의 큰 자산이라고 할 수 있는 인적 자원을 많이 가질
수 있었던 것은, 전적으로 어릴 때부터 경우에 어긋남 없이 참을
성 있게 사람을 대할 수 있도록 가르쳐 주신 부모님의 공이라고
생각한다.

누군가 어느 현자에게 다음과 같이 물었다고 한다.

"당신은 어떻게 아무도 이의를 제기하지 않는 확고부동한 지도자로 인정받을 수 있었습니까?" 현자가 대답했다.

"저는 저보다 더 부족한 사람을 만난 적이 없습니다. 그래서 저는 제가 만나는 모든 사람을 존경하고 그들 앞에서 겸손하게 행동할 수 있었습니다. 저보다 나이 많은 사람을 만나면 오랜 세월 습득한 장점이 저보다 많으리라 생각합니다. 어린 사람을 만나면 저보다 죄를 덜 지었으리라 생각합니다. 더 부유한 사람을 만나면 저보다 더 많이 베풀었으리라 생각하고, 더 가난한 사람을 만나면 그의 영혼이 더 겸손하리라 생각합니다."

나 역시 지금 이 순간에도 현자와 같은 마음으로 살기 위해, 틈이 날 때마다 부모님이 남겨주신 두 권의 책을 들춰보면서 하루하루 겸손하고 진실 되게 살려고 노력하고 있다. 더불어 어제를 돌아보고 반성하면서, '오늘은 내가 사람들을 위해 무엇을 할 것인가? 그리고 내일은 내가 어떻게 해야 하는가?' 하는 생각들을 늘 머릿속에 갖고 생활하고 있다. 어떤 사람이든 진심으로 대하면 반드시 통하게 되어 있다는 사실을, 그간의 경험으로 누구보다 잘 알고 있기 때문이다.

산막이 옛길

나용찬

나는 알아냈다
아름답다 소문난 곳을
떠나야만 만날 수 있었다

우리는 걷고 있다
아름다운 산막이 옛길을
가족과 친구와 이웃과 함께

모두들 취해있다
괴산댐 맑은 물빛에
군자산 솔향기 산내음에

아, 아 머물고 싶어라
아름다운 괴산 땅

언제나 누구든 찾아오면
큰 품으로 반겨주리라

자작시 「산막이 옛길」 앞에서

03

인생의 방향이 바뀌다

우리 집은 여러 가지 농사 중에서도 특히 담배 농사를 많이 지었다. 그 영향 탓인지 아버님은 자연스럽게 내 향후 진로를 정할 때에도 담배 지도원이 좋겠다고 말씀하시곤 했다. 당시만 해도 엽연초 생산직은 전매청 소속의 공무원이었기 때문에, 농촌에서라면 담배 지도원도 꽤 좋은 직종 중 하나였다. 아버님의 뜻에 따라 괴산고등학교 농업과를 가게 된 이유이기도 하다.

그러나 실제로 아버님의 바람은 이루어지지 않았다. 고등학교 졸업 후 담배 지도원이 되려고 했으나 여의치 않았다. 집안 6촌 형님께서 신용금고 사무실에 나와서 근무하라고 호출하는 바람에 군 입대하기 전, 몇 개월간 직장 생활을 하였다. 군 제대 후에는 소수면에 살고 있는 고등학교 친구 두 명이 집으로 나를 찾아왔다. 자신들은 지금 소수면 수리에 있는 외딴집에서 공부를 하고 있는데 함께 공부해 보는 것이 어떠냐며 제의를 해왔다. 나는 자전거에 책과 이불, 짐을 싣고 30리 길을 찾아갔다. 법대를 다니는 친구는 법원 검찰직 공무원 시험 준비를 하고 있었고, 다른 친구는 행정직 공무원 시험을 준비하고 있었다. 나는 엽연초 생산직 시험 준비를 하게 되었다.

칠성교회 권재고 목사님과 학생들

어느날 괴산 농촌지도소에 다니시
는 친구의 매형이 경찰관시험 응시원
서 2장을 가지고 오셨다. 퇴근 후, 자
전거를 타고 비포장 도로 20리 길을
오신 것이다. 법원·검찰직만 고집하
지 말고 경찰 공무원 시험을 보도록
권유하셨다. 처음에는 경찰관시험에
응시하지 않겠다고 하던 친구가 원서
를 꺼내 들고 나에게 함께 경찰관시
험을 보자고 했다. 나는 시험준비도

제대로 하지 못했다. 그동안 공부해온 것과 다른 분야지만 벼락치
기로 공부하여 경찰시험에 합격하게 되었다. 이로 인해 내 인생의
방향이 담배지도원에서 경찰관으로 바뀌어 버린 것이다. 도전하
는 것을 두려워하지 않았기에 이루어 낼 수 있었다.

　어릴 때부터 특별히 경찰관이 되겠다는 꿈은 생각조차 해본 적
이 없었다. 경찰 지서가 있으면, 무서워서 다른 곳으로 돌아갈 정
도였기 때문이다. 나는 어떤 일이든 일단 마음먹으면 그 일에 몰두
하며 열심히 하는 편이다. 경찰생활도 내게 있어 또 하나의 도전이

자 새로운 삶을 향한 가슴 설레는 모험이었다.

"꿈은 머리가 아닌 행동으로 이룬다."는 말이 있다. 낚싯줄을 던지지 않으면 물고기를 잡을 수 없고, 타석에 들어서지 않으면 홈런을 칠 수 없는 것처럼, 시도하지 않으면 이룰 수 없다. 즉 행동하고 실천하지 않으면 그 어떤 것도 달라지지 않는다. 다시 말하면 행동이 곧 자신의 운명을 결정짓는 것이다.

지금 돌이켜보면 우연치 않게 친구를 따라 경찰 시험을 본 것 자체가 이미 정해져 있던 운명이 아니었을까 싶다. 경찰 공무원으로서의 삶이 바로 이때부터 시작된 것이다.

나는 이때의 경험을 통해서 "할 수 있다고 믿는 사람이 성공한다."는 인생의 진리를 깨닫게 되었다. 다른 사람이 할 수 있는 일이라면 나도 할 수 있다는 믿음이 중요하다. 그 믿음만 있다면, 설사 어떤 역경이 닥친다 해도 언젠가는 반드시 목표를 달성할 수 있을 것이다. 반대로 '나는 할 수 없다.'고 생각하는 순간 수많은 기회들이 흔적도 없이 사라질 것이다.

내 경우도 마찬가지였다. 나에게 다가온 기회를 단지 자신이 없다는 이유로 외면했다면, 인생의 방향이 바뀌지도 않았을 것이고 지금의 나 역시 존재하지 않았을 것이다.

'나도 할 수 있다.'는 자신감으로 무장하고 행동으로 옮길 때 기회를 잡을 수 있으며, 내가 할 수 있는 최선을 다했을 때 좋은 성과를 얻을 수 있는 것이다. 35년간 경찰 공무원으로서 사회에 봉사하며 보람 있는 삶을 살아갈 수 있었던 것도 모든 일에 최선을 다했기 때문이라고 생각한다.

기회포착 6가지 방법

1. 과거를 보지 않고 미래를 보자.

2. 모든 사람들이 '되기만 하면 정말 좋을 텐데'라는 것을 찾자.

3. 모든 장애물이 곧 기회라는 것을 명심하고 장애물을 찾자.

4. 문제를 찾자.

5. 삶의 버려진 곳에서 기회를 찾자.

6. 일단 기회라고 생각되면 그 기회를 활용하자.

– 로버트 H. 슐러

첫번째 발령,
청와대

경찰 공무원으로 임관되어 첫 번째로 발령을 받은 곳은 청와대 경호실이었다.

육영수 여사가 돌아가신 지 3년 뒤인 1977년의 일이었다. 청와대에 근무하면서 박정희 대통령은 물론이고, 돌아가신 육영수 여사를 대신해 영부인 역할을 수행하던 지금의 박근혜 대통령을 지근에서 모실 수 있는 것만으로도 내게는 무척 영광이었다.

또한 청와대가 경찰 공무원으로서의 나의 첫 근무지였기 때문에, 다소 긴장되면서도 투철한 사명감으로 불타오르던 시기였다. 그러나 그 당시의 청와대에는 왠지 모를 잔잔한 슬픔 같은 것이 흐르고 있었다. 육영수 여사가 돌아가신 지 3년이 지나 있었지만,

아내가 없는 대통령, 어머니를 잃어버린 3남매의 슬픔과 상실감
이 녹아 있었던 것은 아닐까 싶다.

　박정희 대통령은 이른 아침 기침하시어 흰색의 진돗개를 데리
고 청와대 경내 기마騎馬로를 산책하시곤 하셨다. 국토시찰이나
산업현장을 방문하면서 바쁘게 국정을 살피셨던 분이셨다. 국익
이 최우선이라는 박정희 대통령의 정치 신념은 확고했으며, 나라
를 부강하게 만들고 국민을 안정시키기 위해 경제개발5개년계획
을 수립하고 경제발전을 이룩하는 일에 몰두하고 계셨다. 건강관
리를 위해 청와대 내에 있는 수영장을 배드민턴장으로 개조해 운
동을 즐기기도 하셨다. 중요정책, 전략회의, 국빈 접견 등 바쁜 일
정을 이어 나가셨다.
　한편 스물두 살 나이에 어머니를 대신하여 퍼스트레이디가 되
어야 했던 대통령의 딸, 지금의 박근혜 대통령은 막중한 책임감과
사명감 속에서 조금씩 자신의 몫을 해내고 있었다. 박근혜 대통
령의 자서전에도 나와 있지만, 그 당시 힘이 들 때마다 어머니의
사진을 바라보면서 어머니와 마주 앉아 이야기를 하던 때처럼 혼
자 깊숙한 속내를 꺼내놓곤 하셨다고 한다. 그럴 때면 어느 곳에
선가 어머니가 자신을 지켜주고 있다는 확신이 드셨다는 것이다.

1977년 청와대에 함께 근무하는 동기생들

더욱이 생전에 어머니에게 배운 '부지런한 새가 신선한 먹이를 얻는다.'라는 교훈처럼, 박근혜 대통령 또한 게으른 퍼스트레이디가 되어서는 안 된다는 생각에 '다른 사람보다 부지런하게 움직이

자.'는 원칙으로 일하고 계신 것이 그대로 느껴졌었다.

여자 나이 이십대 초중반이면 평범한 사람일 경우, 대학을 졸업하고 직장을 다니는 등 사회생활을 막 시작할 나이이다. 그러나 박근혜 큰 영애 퍼스트레이디라는 막중한 책임을 혼자서 짊어진 채, 어머니의 빈자리를 채우기 위해 청와대 살림을 도맡으면서 아버지까지 보필해야 했다. 그뿐인가, 탁상행정을 몹시 싫어하셨던 대통령은 고되고 힘들더라도 직접 뛰어다니며 국정을 살피셨다. 그런 모습이 한편으로는 무척 힘들어 보이기도 하고, 한편으로 무척 자랑스럽게 느껴졌다.

내게는 박근혜 대통령과 관련하여 지금까지 생생히 기억하는 장면이 한 가지 있다.

그 바쁜 와중에도 박근혜 큰 영애는 수요일과 토요일 오후에는 청와대 출입 기자단과 테니스를 치시곤 했다.

테니스를 치고 난 후 기자들과 환담을 하실 때에도 기자들이 하는 얘기를 수첩에 꼼꼼히 적어두시곤 했다. 기자들 한 명 한 명의 말을 귀담아 들으시고 어찌나 열심히 수첩에 적으시던지, 그 모습이 아직도 눈에 선하다. 아마도 내가 생각하기에는 박근혜 대통령이 '수첩공주'라는 별칭을 얻게 된 것도 이때부터가 아니었을까 싶다.

　나는 청와대 근무를 시작하면서 국민을 마음에서부터 생각하고 국민을 아끼고 보살피는, 박정희 대통령의 정치 철학을 느낄 수 있었다. 지켜보면서, 참으로 많은 것을 배웠다. 진정한 애국심이 어떤 것인지, 진정으로 국민을 사랑하는 것이 어떤 것인지를 되새겨볼 수 있는 소중한 시간이었다. 청와대 근무를 통해서 더 많은 지식과 경험을 쌓은 다음, 내 고향 괴산으로 내려가 군민들을 위해 봉사하는 삶을 살아봐야겠다는 마음을 먹게 되었으니, 나에게 청와대 근무는 큰 의미를 부여할 수 있다고 할 수 있다.

　청와대 근무 시절은 내 인생에 있어서도 여러 가지 변화가 일어났던 시기였다. 경찰 공무원이라는 사명감을 갖게 되었고, 결혼을 하게 되었으며, 부모가 되었기 때문이다. 이와 더불어 내가 꿈을 향해 첫발을 내딛은 때이기도 했다.

　세상에는 두 종류의 사람이 있다. 결심하면 그대로 달려가는 사람과 온갖 핑계거리를 만들어 내는 사람. 나는 언제나 전자의 사람이 되기 위해 노력했다. 미래는 꿈꾸는 자의 몫이고, 실행이 없는 꿈과 비전은 망상에 불과하기 때문이다. 또한 꿈과 희망은 매일매일의 자그마한 실행으로 뒷받침되어야만 비로소 놀라운 결과를 창출할 수 있음을 이 시기에 더더욱 절감하게 되었다.

일을 끝까지 밀고 나가는 5가지 방법

1. 일에 대해 진지하게 관심을 가져라.

   관심과 흥미만이 그 일을 끝까지 추진할 수 있다.

2. 일을 완수했을 때의 만족감을 생각하라.

3. 어떤 일을 끝마쳐야 할 날짜를 정해 그것에 도전하라.

4. 불필요한 간섭이나 신경 쓰는 것에서 벗어나라.

5. 도움이 될 만한 사람과 그 일을 함께하라.

   누군가와 함께하면 혼자 하는 것보다 효과적이고 포기하지 않는다.

   −윌리암 메닝거

일선에서의 첫 근무

일선 경찰서에서 처음으로 근무하게 된 곳은 동대문 경찰서였다. 박정희 대통령이 갑자기 서거하자 사회는 극도로 혼란스러웠다.

박정희 대통령의 18년 장기집권이 막을 내리고 2인자라고 칭하던 김종필·김영삼·김대중의 3김시대가 열리는 듯했다. 그동안 잠재되어 있던 여러 가지 욕구가 분출하고 있었다. 이때 무질서한 사회현상은 심각한 수준이었다. 연일 폭력시위가 있었고 젊은이들의 희생도 많았다.

내가 근무했던 곳은 효제 파출소였다. 파출소에서 근무할 때 우선순위는 국민의 안전보장과 위민봉사였다. 파출소내 행정서류를 꺼내보니 정리가 안된 것이 수두룩했다. 그냥 보고 넘어갈 사안이 아닌것 같았다. 행정서류 정리, 청소 등 각종 잡일들이 내 몫이었다. 나에게 주어진 일이라고 마음먹고 최선을 다했다. 내가 이 일을 해야만 다른 동료들이 경찰 업무를 원활하게 수행할 수 있다는 생각이었다. 일선 파출소에서 근무를 시작한 지 약 4개월 정도 지날 무렵, 근무 중인 어느 날 동대문 경찰서 경비과장이 순시를 나오셨다. 나를 보며 이름과 고향이 어딘지를 묻더니 근무상황을 기록한 내용을 보고는 "이 사람은 파출소에 근무할 사람이 아니군."이라는 말을 남기고 가셨다.

며칠 후에 경찰서로 발령받게 되었다. 처음에는 민원실에서 근무하였고 1년이 지나 경무과로 자리를 옮겨 근무하였다. 이때 경장 승진 시험에 합격하여 1차 임용을 받은 후 동료의 추천을 받아 치안본부(지금의 경찰청) 인사교육과로 발령을 받았다. 당시 동대문 경찰서에 근무하며 '나 박사'라는 애칭을 받았다. 당시 사회적으로 혼란스런 시기여서 교통단속에서 적발되면 교육을 받아야 면허증을 돌려주던 시대였다. 민원실에 업무를 담당하던 나에게 교통법규 위반자들을 2시간 동안 교통교육시키라는 지시를 받았다. 오전과 오후 하루에 2번씩 교육을 하는데 1일 약 300여 명을 교육하다 보니 도로교통법규를 다 외우게 되었다. 그후 경무과 기획

담당 행사, 의전, 근태, 홍보업무를 보면서 많은 것을 배웠다. 이렇다 보니 동료들이 일을 하다가 궁금한 것이 있으면 주로 나를 찾아와서 묻곤 하였다.

다양한 업무는 나에게 정말 좋은 경험이었다. 행사 때마다 중요시되는 의전 업무는 행사내용에 따라 의전의 내용도 달라지기 때문에 늘 긴장해야 했다. 홍보 업무는 출입 기자들과 밀접한 관계를 유지하며 각종 보도자료를 제공해 주었다. 그리고 비난성 기사에 대응하기 위해 출입 기자들과 함께 정보를 공유하며 친밀도를 높여 갔다. 사람들과의 관계를 어떻게 가져야 하며 돌발 상황에 어떻게 대처해야 하는 방법에 대해서도 많이 배울 수 있었다.

특히 '젊은 사람이 배우는 것을 게을리 하는 것은 죄'라는 생각이 들었고, 더더욱 자신의 발전을 위해 노력하지 않고 안주하는 것을 스스로 용서할 수 없었다. 이때부터 나는 두 마리 토끼를 다 잡아야겠다는 마음을 먹었다. 그중 하나는 '학위 취득'이고 또 다른 하나는 '승진'이었다.

평상시 근무를 하면서도 공부를 할 수 있는 한국방송통신대학 법학과에 지원하였다. 물론 일과 공부를 병행한다는 것이 말처럼 쉬운 일은 아니었다. 승진 시험 때가 다가오면 방송대 휴학을 하고, 승진 시험에 합격하고 나면 다시 공부를 시작하는 일이 몇 년간 반복되었다. 무척 힘들었다. 그러나 포기할 수는 없었다. 일단 마음먹은 이상 어떤 식으로든 끝까지 목표를 향해 나아가야 했다. 장애물을 넘기 힘들다고 제자리에 주저앉는 것은, 내 성격상으로도 용납할 수 없는 일이었다. 그것은 스스로, 나에게 한 약속을 지키는 것임과 동시에 자존심이도 했다. 나는 그렇게 5년 과정이었던 방송통신대학 과정을 7년 만에 마치게 되었다.

대학과정을 공부하고 나니 대학원에 진학하고 싶은 생각이 들었다. 몸은 무척 힘들었어도 젊음과 열정을 가지고 있었기 때문이다. 나의 부족함을 극복하려면 어떤 상황에서든 게으름 피우지 않고 더 부지런히 뛰는 것뿐이었다. 그러면 반드시 언젠가는 그에 상응하는 대가가 따를 것이라고 믿고 있었다.

경기대학교가 경찰청 바로 뒤에 있었다. 사무실과 학교가 가까웠기 때문에 학교 다니기도 편할 것 같아서, 별다른 주저 없이 경기대학교 정치전문대학원에 진학하였다. 그리고 그곳에서 정치학 석사학위를 받았다.

현재는 과거의 필연적인 산물이며 모든 미래의 필연적인 원인이라는 말을 신뢰한다. 내일을 위한 최선의 준비는 이 핑계 저 핑계 대며 오늘의 일을 내일로 미루지 않는 것이다. 하루하루 전력

1999년 경기대 정치전문대학원 졸업식 후, 아내 안미선, 김상균 대학원장님과 함께

을 다하지 않고는 내일의 꿈을 이루지 못할 것이며, 평소 계획한 목표를 달성하지 못할 것이다.

　내가 만약 그때 몸이 고되다는 핑계로 또는 사무실에 일이 많다는 이유로 도전하지 않고 하루하루 지내 왔다면 승진의 영광과 대학에서의 학위도 받지 못했을 것이다.

일을 미루는 습관을 극복하는 8가지 방법

1. 긴박감 계발하기

2. 가치 있는 목표를 설정하라

3. 목표가 이미 완성된 것처럼 시각화하라

4. 긍정적으로 다짐하라

5. 명확한 마감시한을 설정하라

6. 변명하지 마라

7. 업무를 완성하면 자신에게 보상하라

8. 업무완성에 전적인 책임을 져라

_06_

누군가 해야 할 일이라면 내가 하고, 내가 해야 할 일이라면 지금 한다

어릴적 시골에서 성장하여서 그런지 나는 경쟁의식을 별로 느끼지 못하고 살아왔다. 그러나 청와대와 경찰청에 근무하면서 나는 누구이며 내가 어디로 가야 하는지? 앞으로 어떻게 해야하는지 하나하나 알게 되었다. 특별하게 남들보다 내세울 것이 없었던 나로서는 더욱 급해지기 시작했다.

그나마 다행인 것은 내가 어릴 때부터 글씨를 깨끗하게 잘 썼다. 당시만 해도 컴퓨터가 대중화되어 있지 않을 때여서 자필로 보고서를 써야 하는 경우가 많았다. 동료며 상사들이 나에게 보고서를 대신 써달라고 부탁을 해왔다. 그뿐만 아니라 이것저것 자잘한 일들도 나에게 많이 시켰다. 나이도 어리고 계급도 낮으니까 무슨 일만 있으면 나부터 찾았던 것이다.

처음에는 나만 집중적으로 일을 시키는 것 같아 억울하기도 했지만, 그래도 주어진 일은 책임감을 가지고 묵묵히 일하였다. 그런 일들을 경험하면서 나는 가장 중요한 것 한 가지를 터득하게 되었다.

"누군가 해야 할 일이라면 내가 하고, 내가 해야 할 일이라면 지금 한다."

이것은 오늘날의 나의 좌우명이기도 하다. 즉 경험에서 얻은 철학이었던 셈이다.

인사발령을 받으면 각자 담당업무를 부여받아 이를 수행하게 되지만 그런데 간혹 누군가의 업무에도 속하지 않는 일이 생기면 서로 눈치만 보게 되는 경우가 생기곤 한다. 이럴 때면 서로 신경전을 펼치는 것을 보았다. 쉬운말로 떠넘기기 업무다. 마음약하고 나이어리고 계급 낮은 내가 할 수 밖에 없었다.

경찰청에서의 업무는 새로운 정책을 개발하거나 사회적 문제를 분석하여 대책을 세워야 하는 기획업무가 많았다. 머리가 좋고 주변에서 똑똑하다고 하는 사람일수록 자기업무가 아닌것은 손

대지 않으려고 한다.

나는 그때부터 누군가 해야 할 일이라면 '내'가 먼저 나서서 하고, 또 내가 해야 할 일이라면 뒤로 미루지 않고 '지금 바로' 한다는 생각을 갖게 되었다. 그래서 오늘날까지도 무슨 일만 생기면 바로바로 처리하려는 습성이 몸에 배어 있다. 이는 내가 경찰에 입문했을 때부터 철칙으로 삼아왔고, 현재까지도 지키려고 노력하는 일이다.

1991년 영등포서 당산파출소 직원들과 함께

실패한 사람들은 그들에게서 하나같이 '언젠가 증후군someday sickness'이 발견된다고 한다. 그들의 좌우명은 '지금 바로'가 아닌 '어느 날인가'인 것이다. 그러나 그 어느 날이란 게 대체 언제쯤 오겠는가? 어떤 일에서든 성공을 보장하는 방법은 '지금 바로 오늘'부터 시작하는 것이라고 생각하였다.

나는 경찰청 인사교육과에서 근무하는 동안에도 꾸준히 시험으로 승진하였다. 경위시험승진은 수석으로 합격하였다. 승진하

더 좋은 내일을 만들어가기 위한 나용찬의 발표

면 다른 곳으로 전보 발령을 한다. 1991년 2월 11일 경위가 되어 본청에서 서울 영등포 경찰서 당산파출소장 발령을 받았다. 그 후 정보계장과 교통사고 조사계장을 잠깐 하다가 1993년에 다시 서울 경찰청 인사교육과로 발령을 받아 이동하게 되었다.

경찰청에서 근무하다가 일선 경찰서에 나가보니 생생한 민생의 현장을 접할 수 있었다. 이 역시 나의 경찰 생활에 있어 빼놓을 수 없는 소중한 경험이었다. 이런 경험들을 하나둘씩 쌓으면서 나를 조금씩 더 성숙하게 만들었다. 다양한 경험을 통해 사고력을 키우고 국민이 원하는 안전한 사회, 더 좋은 내일을 만들어가기 위해 무엇을 해야 하는지, 일하며 배우고 배우며 일하는 시간이었다.

제2장 ···

꿈엔
강력한 힘이 있다

01

괴산 촌놈의 뚝심

서울 영등포 경찰서에서 당산파출소장을 약 5개월 정도 근무하고 다시 인사교육과로 발령 받았다. 주 업무는 경찰관 공무원 채용, 승진, 교육, 포상 등 인사, 기획업무를 맡게 되었다.

당시만 해도 경찰청 인사과라고 하면 대단한 자리라 할 수 있었다. 더욱이 아무런 백도 없고 연줄도 없었던 나 같은 촌사람에게는 좀처럼 넘볼 수 없는 자리였다. 그런 내가 본청과 서울청에서 인사기획부서에 무려 16년 동안 근무할 수 있었던 것은 그동안 함께 근무해온 많은 분들이 인정해주고 도와주었기 때문이라고 생각한다.

승진하여 일선 경찰서로 나간 사람을 본청으로 여러 번 불러들

일 것은 나에 대한 신뢰와 믿음, 어떤 일도 마다하지 않고 내가 솔선수범하여 일을 해결해 나갔기 때문이라고 생각한다. 그리고 무엇보다 내게는 촌놈만의 뚝심이 있었기 때문이다.

나는 순수한 시골 농사꾼의 아들이며 촌에서 태어난 것에 대하여, 단 한 번도 부끄럽게 생각해 본적이 없다. 오히려 내가 촌놈이라는 것에 남다른 자부심을 느끼고 있었다. 여기서 말하는 촌놈의 의미란 시골스러움과 정스러움을 이르는 것이다. 농촌은 내 아버님이 그러하셨던 것처럼 '있는 그대로' '노력한 만큼' '정을 쏟은 만큼' 그 보답을 받을 수 있는 곳이기 때문이다.

일하다가 조금 손해 보는 일이 있어도 크게 따지지 않는 것이 도시 사람들과는 많은 차이를 보이는 것 같았다. 나는 순박한 농촌에서 태어나고 자란 덕분에, 내 고향 괴산만의 따뜻한 정서를 고스란히 안에 담고 살았다. 좀 미련스러워 보일 정도로 자신이 밑지는 것을 억울해하지 않는, 촌놈들의 뚝심을 나는 무척 아끼고 사랑한다. 내가 스스로를 '괴산 촌놈'이라 부르며 자랑스럽게 여기는 것도 내가 나를 좋아하기 때문이다.

경찰의 인사업무는 무척 방대한 조직이기 때문에 일정한 기준

서울경찰청 인사주임 시절 승진심사 종료 후 김광식 청장님으로부터
격려받고 있는 모습

과 원칙을 가지고 움직여야 했다. 인사 업무를 보면서도 나는 유
감없이 괴산 촌놈의 뚝심을 발휘했다. 경찰의 인사업무를 담당하
면서 경찰공무원 채용시험 제도와 승진제도 등, 경찰의 인사제도
를 획기적으로 개선할 수 있었다. 말 그대로 대개혁이라 할 수 있
을 정도였다. 한꺼번에 5,300명의 경찰관을 인사발령 낼 만큼 무
척 많은 일을 해냈다.

서울경찰청의 인력은 2만 5천 명이었다. 인사관리를 일부 수작

업으로 하고 있던 일들을 전산화 작업을 통해 효율적으로 바꾸었다. 경찰공무원 채용시험 때는 응시자의 인성을 중요시하고 새로운 인성적성 검사제도를 도입하였다. 그리고 고등학교 생활기록부와 전의경 출신들의 경우 복무기록을 첨부하고 마약반응검사도 실시하며, 평소에 성실한 사람들을 경찰관으로 뽑을 수 있도록 제도를 개선한 것이다. 또한 인사 발령과 관련한 서울경찰 인사관리 규칙을 서울경찰 예규로 만들었다. 서울시를 동부, 서부, 남부, 북부 중앙 공동권역 등 5개 권역으로 나누어 승진 시에는 그 권역 내에서 이동하도록 하였으며 희망하는 지역이나 보직을 4지망까지 받아서 인사 대상자들이 희망하는 곳에서 근무할 수 있도록 반영하여 안정된 예측 가능한 인사가 되도록 하였다.

소위 인사가 만사라고들 한다. 인사권자 마음대로 하는 것이 아니라 그 조직의 발전과 구성원들이 신바람 나게 일할 수 있도록 팀을 묶어 주는 것이 인사다. 더욱이 인사는 공정해야 한다. 인사를 복지차원에서 접근해야 한다. 편파적이면 갈등을 조장하게 되고, 일의 능률이 떨어지며, 불만 요인이 발생한다. 인사를 통해 사기를 진작 시켜야 한다. 조직의 효과를 높여야 한다. 당시 한꺼번에 5,300명의 인사 발령을 냈지만, 극찬을 받기도 하였다. 인사자기내신제도를 도입하여 본인이 근무하고 싶은 곳, 본인이 함께 근무하고 싶은 상사와 동료들을 적어 내도록 하였다. 본인이 희망하는 인사발령을 한 것이다. 이는 두고두고 혁신적 인사, 윗사람의 인사권 횡포를 막고 직원중심, 일중심의 인사발령을 하였다. 뿌듯하고 보람 있는 일을 해냈다는 자부심을 가지고 있다.

일찍이 철강왕 앤드류 카네기는 "타인을 부자로 만들지 않고서는 아무도 부자가 될 수 없다."고 말했다. 플라톤은 "남을 행복하게 해줄 수 있는 사람만이 행복을 얻을 수 있다."고 설파한 바 있다. 이처럼 남을 위해 무언가 해줄 수 있는 사람이 나는 진정한 부자라고 생각한다. 많이 갖고 있는 자가 부자가 아니라 많이 주는 자가 부자인 것이다. 자신이 갖고 있는 것 중 하나라도 잃어버릴까 봐 불안해하는 사람은, 아무리 많이 갖고 있어도 가난한 사람을 면치 못하는 것이다.

나는 어릴 때부터 남에게 베풀면서 사는 것이 얼마나 행복한 일인가를, 내 부모님과 고향 어르신들을 통해 느끼면서 한층 성숙한 인간으로 성장할 수 있었다. 이 모든 것이 내가 괴산에서 태어나 자란 덕분에 얻을 수 있었던 무형의 열매였던 셈이다.

괴산경찰서 정보과장으로
고향에 돌아오다

나는 1999년 경감으로 승진한 후 괴산 경찰서 정보과장으로 발령을 받게 되었다. 서울경찰청 인사담당으로 5,300명을 인사 발령하고 오느라 괴산에 발령받고 3주 후에 올 수 있었다. 승진 후 곧바로 정보과장으로 오는 것은 힘든 일이지만, 서울청장님께서 인사 발령하느라 고생했기 때문에 고향에서 근무해보라고 배려해 주신 것이었다. 드디어 꿈에 그리던 고향, 괴산에서 경찰 공무원으로서 근무할 수 있게 된 것이다.

발령 소식을 들은 첫날부터 가슴이 설레고 마음이 들뜨기 시작했다. 지난 22년 동안 객지생활을 하다가 부모님 옆에서 함께 산다는 것이 좋았다. 또한, 고향발전과 주민들의 안녕을 위해 일할 수 있어서 좋았다. 몸이 부서지는 한이 있더라도 내 도움이 필요

2000년 청천면 도원리 고승관 교수님의 작품 앞에서
새천년의 행운을 기원하며 탑돌이 행사시 촛불을 켜고 있다.

한 곳이라면 어디라도 찾아가, 마음만이 아닌 실질적인 도움을
드리고 싶었다. 그것이 나를 키워주고 품어주어 오늘날의 나를
있게 해준 고향에 대한 당연한 예의라고 생각했다.

참 다행스럽게도 1년 6개월간 괴산에서 근무하는 동안 서장님
과 동료직원들의 도움으로 괴산군민들에게 실질적인 도움을 드

릴 수 있게 된 것이다. 나로서는 무척 기쁘고 감사한 일이었다.

그 첫 번째가 벽초 홍명희의 문학비 사건이었다. 그당시 괴산읍 제월리, 제월대에 세워진 벽초 홍명희 문학비를 철거해야한다는 보훈단체의 반발이 중앙방송과 지역신문에 연일 보도되면서 당면 현안 문제로 대두되었다.

문학 단체와 보훈 단체의 사상적 대립에 의한 갈등이 시발점이 되었다. 그 제월대라는 곳은 초·중·고 학생들이 주로 소풍을 가는 곳으로도 유명한 곳이었다. 게다가 그 주변에 펜션이 많이 위치하고 있어서 관광객들도 여름이면 쉬러 오는 곳이기도 하다.

그런데 하필이면 그런 곳에 소설 『임꺽정』의 저자이기도 하지만, 한편으로는 월북 작가이면서 북한에서 부수상까지 하고 인민회의 의장까지 지낸 홍명희의 문학비를 설치해 놓은 것이, 원호단체의 공분을 사게 된 것이다. 더욱이 비문의 내용이 가장 큰 문제였다.

보훈 단체의 입장은 무척 단호했다. "홍명희의 문학성은 인정한다 해도 그의 사상성은 우리가 비석을 세울 만큼 사회적 합의가 이루어지 않은 상태이므로, 이 문학비를 바로 철거하겠다. 그것이

죄가 된다면 유치장에 자진해서 들어가겠다."는 결의를 할 정도였다.

반면 문학 단체에서는 "전국 문인들이 성금을 모아서 건립한 문학비이기 때문에, 이것은 정부나 국가에서 보호해 줘야 할 대상이다. 그러므로 이것이 훼손되도록 방관하는 것은 옳지 않다."는 주장이었다.

두 단체가 한 치의 양보도 없이 극한 대립현상을 보여주고 있었다. 그때 내가 중재자로 나서게 되었다. 왜냐하면 6월 6일 현충일날 충북의 각 시군 원호 회원들이 버스 1대씩 대절해서 괴산으로 모여 집회를 한다고 했기 때문이다. 게다가 집회 후 망치로 벽초 문학비를 때려 부수고, 경찰서 유치장에 자진해서 들어가겠다는 것이었다. 이러다가 문학 단체와 보훈 단체가 충돌하거나 나이 드신 원호 회원 중 불상사라도 생기게 된다면 더 큰 일이 염려되었다. 우선은 원칙을 세우는 것이 급선무였다. 즉 "문학비는 보존하되 잘못된 비문은 다시 쓴다."는 것이 내가 분석한 해법이었다. 원래 설치되어 있던 비문의 내용은 다음과 같았다.

민족문학과 민족해방운동의 큰 봉우리 벽초 홍명희 선생(1880~1968)은 충북 괴산 인산리(동부리 450-1)에서 태어나셨다. 선생은 경술국치 때

순국하신 부친 홍범식 의사의 뜻을 받을어 평생을 민족의 자족 독립과
문화 발전을 위해 노력하셨다.

　선생은 일찍이 중국 상해에서 신규식, 박은식, 신채호 선생 등과 함
께 독립운동의 방향을 모색하다가 귀국하여 1919년 3·1운동 때 괴산
에서 충북 지역 최초로 만세시위를 주도하셨다. 그로 인해 옥고를 치
른 후에 동아일보 주필과 시대일보 사장으로서 언론 창달에 기여하셨
으며, 당시 민족교육기관으로 이름 높던 오산학교 교장을 역임하셨다.
또한 일제 강점기 최대의 항일운동 단체인 신간회를 결성하여 민족의
역량을 하나로 모으고자 노력하셨다. 그리고 1928년 조선일보에 연재
를 시작한 이후 10여 년에 걸쳐 소설 『임꺽정林巨正』을 집필하셨다. 이
『임꺽정』은 민중의 삶을 탁월하게 재현한 역사소설로 민족문학사에서
불후의 명작으로 평가되고 있다.

　물 맑고 인정 두터운 이곳 괴산은 선생의 삶의 자취가 역력한 곳이
요, 민족정신이 살아 있는 역사의 고장이다. 삼가 옷깃을 여미고 선생
의 뜻을 기리며 민족이 진정 하나가 되는 날을 소망하면서 여기 선생
의 고향 땅에 작은 정성을 모아 이 비를 세운다.

위의 비문을 자세히 살펴보면 잘못된 곳이 3군데 나온다.
첫째는 그의 직위를 다 적지 않고 오산 학교 교장이라고만 써놓

은 것이다. 특히 북한에 가서 부수상과 인민회의의장까지 지냈는데, 그 부분이 빠져 있었다. 보통 비석에는 가장 높은 직위를 쓰는 것이 상식인데, 그걸 쓰는 대신 오산 학교 교장이라고만 적어놓은 상태였다. 통일이 된다면 이 비문을 다시 써야 하는 모순점을 발견하였다.

둘째는 그를 두고 평생을 민족의 자주독립과 문화발전을 위해 노력하셨다고 묘사한 곳이다. 왜냐하면 그가 월북해서 한 활동까지 민족의 자주독립을 위한 노력이었다고 말할 수는 없기 때문이었다. 당시 문학 단체들과 모여 문학비의 문구에 대하여 국문학자들에게 이 표현은 잘못된 것이 아니냐고 묻게 되었다. 그런데 돌아온 대답이 참으로 납득하기 어려웠다. 국문학자들이 이 '평생을'이라는 표현에 대해 '벽초 홍명희가 태어나서 월북하기 전까지'라고 말하였다. 나는 이 잘못을 지적하였다. 누구에게 물어봐도 '평생을'이라는 말은 태어나서 죽을 때까지를 말하는 것이지, 어떻게 국문학자들이 이것을 월북할 때까지라고 한정지어 말할 수 있는 것이냐고 되물었다. 결국 문학 단체 측에서도 잘못된 표현이었음을 인정하였고, 비로소 '평생을'이란 글자를 비문에서 떼어낼 수 있었다.

그리고 마지막으로 비문 중에 이곳 사람들을 아우르는 구절이 없었다는 점이다. 그가 해방 후 월북해서 북한에서 부주석 자리에 있을 때 동족상쟁의 비극인 6·25가 일어났는데, 그 고통스런 과거에 대한 표현이 결여되어 있었던 것이다. 특히 6·25는 민족의 비극인 동시에 이곳 괴산에 있는 원호 대상자들에게도 한 맺힌 역사이다. 그런데 이런 아픔에 대해서는 한 줄도 쓰지 않았던 것이다.

결국 문학 단체 측에서도 잘못된 비문임을 시인 하게 되었다. 그 결과 잘못된 비문은 즉시 철거하고 새로운 비문은 보훈 단체와 문학 단체가 합의를 해야만 세울 수 있도록 합의하였다. 당시 괴산 경찰서 회의실에서 원호 단체 대표, 문학 단체 대표, 괴산군 번영회, 괴산군청 부군수, 괴산군의회 문화복지위원장 등이 참석하였다. 괴산 경찰서가 생긴 이후에 가장 많은 기자들이 이 사건을 취재해 갔다고 한다. 일단 문학 단체와 원호 단체 간의 충돌은 피하였으나 벽초 문학비는 비문 없이 1년 동안이나 방치되고 있다는 것이 안타까웠다. 그래서 내가 발령받아 떠나더라도 이 문제 가지고 더 이상은 싸우지 말고, 원만히 합의하여 해결했으면 좋겠다는 의사를 문학 단체와 원호 단체 측에 밝혔다. 그랬더니 양측에서 내가 서울로 발령받아 떠나면 또 싸움이 생길 것 같으니, 발령 나서 가지 전에 합의안을 만들어 새로운 비문을 설치를 해주었으면 좋겠다는 요청이 들어왔다. 나는 어쩔 수 없이 다시 한 번 중재자가 되어 양측의 의견을 받기 시작했다.

그때 당시 완강한 쪽은 보훈 단체였다. 새로운 비문에는 다음과 같은 10가지 내용을 넣어달라는 요구였다.

1. 6·25 전범으로 동족상쟁의 원흉의 제2인자라는 점.
2. 문학을 운운하나 내심적 행적은 인간으로서 감내하기 어려운 혼란과 동족의 실상이 그에게는 용납될 수 없는 반민족적인 점.
3. 간첩남파 행동은 공산당의 상투수단이라는 점과 안보의식에 위반되는 점.
4. 우리가 현재 고통 받고 있는 것은 그들의 만행으로 인한 행태라는 점.
5. 자유 수호를 위한 대한민국 정통성을 수호하기 위해서라도, 반민족 행위를 한 장본인임을 밝혀야 한다는 점.
6. 적화야욕으로 지금도 호시탐탐 기습하려는 그들의 만행에는 목적이 있다는 점.
7. 지금 자라고 배우는 학생들에게 반국가적 인물을 공개 홍보하려는 것은 적의 상투수단에 관련되어 있다는 점.

8. 홍명희 문학비의 내용인즉 추호도 국가에 반역적인 내용은 없고 오히려 찬양하는 문항이 반감을 일으킴으로써 우리에게 충격을 주고, 어린 학생들이 읽어볼 때 과거의 행적이 전범이 될 수 없는 점.

9. 안하무인격으로 그곳에 설치한 저의가 의심스럽고 우리에게 가일층 반감을 일으킨 점.

10. 국토 분단국가로 통일을 염원하는 우리에게 반역적인 상징물이라는 점.

그러나 보훈 단체의 요구조건을 다 넣을 수도 없는 노릇이었다. 물론 그들의 아픔이나 슬픔은 충분히 이해되었다. 결국 나는 이러한 요구를 잘 조절하여 "한 개인의 비극인 동시에 민족 전체의 비극이자 고통스러운 역사이며 눈물이요 아픔이다."라는 문구로 바꾸었다. 그리고 그전에 합의했던 내용까지 새로운 비문에 적절하게 집어넣었다. 문학비의 비문은 다음과 같이 수정되었다.

근대민족문학사의 큰 봉우리 벽초 홍명희(1888~1968)는 경술국치 때 순국한 홍범식 의사의 아들로 충북 괴산 인산리(동부리 450-1)에서 태어났다.

그는 일찍이 중국 상해에서 신규식, 박은식, 신채호 선생 등과 함께 독립운동의 방향을 모색하다가 귀국하여 1919년 3·1운동 때 괴산에서 충북 지역 최초로 만세시위를 주도하였다. 이로 인해 옥고를 치른 후에 동아일보 주필과 시대일보 사장, 당시 민족교육기관으로 이름 높던 오산학교 교장을 역임한 바 있다. 또한 일제 강점기 최대의 항일운동 단체인 신간회를 결성하여 민족의 역량을 하나로 모으고자 노력했다. 그리고 1928년 조선일보에 연재를 시작한 이후 10여 년에 걸쳐 소설 『임꺽정林巨正』을 집필하여 민족적 저항을 문학작품으로 표현했다. 이 『임꺽정』은 민중의 삶을 탁월하게 재현한 역사소설이다.

그는 1948년 김구 등과 함께 남북조선 제 정당 사회단체 연석회의에 참석차 북한으로 넘어간 후 남한에 돌아오지 아니하였다.

1950년 북한 정권의 부수상으로 재임할 당시 6·25라는 민족상잔이 있었으며 1968년 북한에서 타계할 때까지 그는 고향 땅을 밟지 못했다. 이것은 한 개인의 비극인 동시에 민족 전체의 비극이자 고통스런 역사이며 눈물이요 아픔이다.

그의 삶의 자취가 역력한 이곳 괴산은 민족정신이 살아 있는 역사의 고장이다. 삼가 옷깃을 여미고 민족이 진정 하나가 되는 날을 소망하면서 여기 그의 고향 땅에 작은 정성을 모아 이 비를 세운다. (임형택, 강영주, 김승환, 나용찬)

양측이 동의한 가운데 위와 같이 수정된 내용으로 벽초 홍명희의 문학비문이 새로 부착되었다. 이때 당시 여러 군데 신문에서 칭송하는 보도가 많이 나올 정도로 그 반향이 컸다. 무엇보다 보훈 단체와 문학 단체의 갈등을 치유하고 올바른 역사 인식을 갖는 일에, 내가 일조할 수 있었다는 사실이 지금 생각해도 무척 흐뭇하고 감격스럽다.

홍명희 문학비에 관한 갈등 조정을 마치고 언론사, 괴산군청, 경찰서정보과 직원들과 함께

03

「농축산물운송차량」 스티커 부착

괴산에서 근무할 때 보람을 느꼈던 또 한 가지는 농민과 관련된 일이었다.

농촌의 일상은 논에서 밭에서 일하다가 막걸리 한 잔씩 마시는 것이 농업인의 실상이다. 고된 육체노동 탓에 빨리 배가 고파지게 마련이고, 그럴 때마다 새참과 함께 술 한 잔 마시고 힘을 내 더 열심히 일하는 것이다.

그런데 땀을 뻘뻘 흘리며 일하다 새참에 술한잔하기 마련이다. 일 마치고 집으로 들어가는 농민들에게 음주 단속을 꼭 해야만 하느냐는 문제에 고민하게 되었다. 매일같이 다니는 길이고 일하다가 술 한 잔 마셨다고 단속하면, 앞으로는 무면허로 다닐 수밖에 없다는 것이다. 물론 상습적으로 술을 마시고 다니는 사람이라면 당연히 단속해야 마땅한 일이다. 그러나 꼭두새벽부터 허리 한 번 제대로 펴보지 못한 채 논에서 밭에서 힘들게 일하다 온 농민에게 까지 그렇게 하는 건 내 정서상 맞지 않았다.

게다가 농촌은 도시처럼 교통편이 좋지 않았다. 버스도 자주 다니지 않는 데다 막차 또한 빨리 끊긴다. 그러면 어쩔 수 없이 상갓집을 갈 때에도 자신의 트럭이나 오토바이 등을 이용할 수밖에 없는것이 농촌의 실상이다. 평소 아무리 인간관계를 잘해도 어려운 일을 당한 경우 조문하지 않으면 서운한 법이다.

이러한 상황을 보다 못한 나는 어떻게 해야 음주로 인한 사고도 방지하고, 생활에 어려움이 없도록 해야 하는지에 대해 고민하게 되었다. 농민들을 대상으로 음주 단속을 하는 것보다는 그들을 잘 계도하고, 음주 운전으로 인해 사고가 나지 않도록 보호해 주는 것이 진정한 경찰의 몫이라고 생각했다. 그래서 이후부터는 음주 단속도 중요하지만, 그보다는 계도가 더 필요한 조치라고 판단하였다. 그래서 괴산농민차량 운전자 보호를 위해 「괴산농축산물 운송차량」이란 스티커를 제작하여 운전석 앞 유리창에 부착해주고 경찰관들이 최대한 농민들의 안전운전을 위해 도와주도록 하였다.

사실 한편으로는 이런 배려를 악용하여 상습적으로 음주를 하는 농민이 생길까 봐 우려하는 마음도 없지 않았다. 그러나 나의 진심이 통했는지 내가 괴산에 근무하고 있는 동안에는 음주운전으로 인해 사고가 나서 농민이 다치거나 죽는 일이 한 건도 발생하지 않았다. 역시 따뜻한 마음으로 전할 때 더 좋은 결과를 주는 것 같았다. 서로의 마음이 진실로 통하는 그곳이 바로 내 고향 괴산이다.

또 한 가지 농민들이 시위를 하거나 집회를 할 때, 경찰이 무조건 강경하게 대응하지 않도록 하였다. 나는 농업인들의 데모를 존중해 주고 싶었다. 데모란 무엇인가? 내가 생각하는 데모란 소수의 의견이 받아들여지지 않을 때 정의감의 상징으로 다중의 의사를 표출하는 것이다.

그래서 나는 농민들이 그들의 목소리를 마음껏 표출할 수 있도록 하였다. 말 그대로 농민의, 농민에 의한, 농민을 위한 고향의 경찰이 되고 싶었기 때문이다. 다만 법의 한계를 지나치게 넘어서거나 폭력 같은 것을 휘두르지 않도록 계도를 하고, 농촌발전을 위한 데모는 보장해주고자 노력했다. 물론 데모하러 가는 농민들에게는 내 몸이 가장 소중하다는 것을 늘 강조해주었다. 무엇보다 나는 내 고향 괴산에서 농민들에 대한 공감대를 형성하는 경찰 공무원이고 싶었던 것이다.

그것이 농사꾼의 아들이었던 나의 역할이라고 생각했고, 나의 아버님 어머님과 같이 피땀 흘리면서 정직하게 땅을 일구고 있는 분들에 대한 존경의 표시였다. 그것은 농촌이 잘 살아야 진짜 선진국이라는 내 신념에서 기인한 것이기도 했다.

1999년 화양동에서 영화 축제가 열리게 되었다. 영화 관계자뿐 아니라 모든 사람들이 한마음으로 무척 열심히 준비한 행사였다. 그러나 사람들의 이러한 정성을 아는지 모르는지, 유감스럽게도 바로 그때 태풍 올가가 들이닥쳤다. 충청도만이 아닌 한반도 전체를 강타한 태풍이었다. 순간 최대 풍속이 초속 33m의 어마어마한 강풍으로, 67명이 사망 또는 실종되고 1조 490억 원의 재산 피해가 발생하였다.

영화 축제 현장도 올가라는 태풍을 피해갈 수 없었다. 영화 축제장을 싹 쓸어버렸기 때문이다. 특히 먹거리 부스에 들어온 상인들과 농민 단체의 피해가 막대했다. 그들은 당연히 자신들의 손실을 군청에 호소했다. 그리고 그 잘못을 군 의회에서 강하게 질타

하면서 행정상 착오에 대해 대군민 사과를 요구했다. 그러나 군청 측에서는 이것은 누군가 특정인의 잘못이 아닌 천재지변에 의한 것이라고 하였다. 반면 군청 측의 반응을 지켜보던 군 의원들은 감사원에 감사 청구를 하겠다고 하였다.

또다시 군청과 군 의회 간의 갈등이 시작된 것이었다. 이번에도 쉽사리 가라앉지 않을 것 같았다. 할 수 없이 이번에도 내가 중재자 역할을 해야겠다며 중재에 나섰다. 군의회 김인환 의원 등 여러 의원님들을 만나 "이렇게 감사원에 감사 청구를 하는 것은 누워서 침 뱉기와 다름없다. 천재지변에 의해 부득이하게 발생한 피해였으니 군수님께서 사과를 하도록 하고, 군 의회 역시 감사 청구를 하는 등 일을 확대시키는 일은 자제하는 것이 바람직하다. 이쯤에서 서로 양보하고 일을 잘 마무리 짓자."고 제안했다.

다행히 이 사건이 더 이상 커지지 않고 군수님께서 사과발언을 하여 깔끔하게 마무리될 수 있었다. 어떤 곳에서나 단체나 지역 간의 갈등과 반목은 생길 수밖에 없다. 서로 간의 가치와 이해가 충돌할 때면 더욱 그러하다. 이럴 때 중요한 것이 중간에서 이러한 갈등들을 객관적으로 바라보고, 서로를 화해시킬 수 있는 중재자의 역할이다.

나는 고향에서 본의 아니게 중재자의 역할을 여러 번 하게 되었다. 내가 나섬으로써 단체와 지역 간의 갈등을 사전에 막을 수 있다면, 그것이 쉽지 않은 일이어도 얼마든지 시도해 볼 만한 가치가 있는 일이었다.

이후 괴산을 떠나 서울에서 근무할 때도 마찬가지였다.

하루는 전국 공무원 노조가 데모를 심하게 하였는데, 그 속에서 괴산 공무원 노조원들이 데모를 하다가 경찰에 붙잡혔다. 이 사실을 알게 된 나는 공무원 노조 20여 명이 조사를 받고 있는 송파 경찰서로 달려가서 이들을 귀가할 수 있도록 조속히 처리하였다. 당시 윗상사에게 "괴산공무원들을 유치장에서 꺼내 술한잔 사주고 오겠다."고 했더니 사표내고 가라고 했던 일이 생생하다. 이때 "괴산공무원들을 집으로 돌려보내고 와서 사표내겠습니다." 라고 했던 나는 정말 촌놈의 뚝심에서 나온 힘이었다는 생각이 든다. 그리고 경찰서에서 나온 괴산군청 직원들과 석촌호수를 바라보며 소주 한 잔 기울였다. 나는 그들에게 "이번에 경찰에 붙잡혀 온 사람들을 보면 데모할 때는 빠져 나갈 구멍을 확인한 후 붙잡힐 때가 되면 쏙 빠져버려야 하는데 순수한 괴산의 공무원들은 끝까지 데모하다가 다 잡혀온 것이다. 데모는 다중의 의사 표현을 통

발령받아 가는 곳마다 괴산농작물 직거래 장터 개설.

해 목적을 달성하는 수단이 되어야 하는데 그러기도 전에 잡혔으
니 앞으로는 좀 더 효과성 있게 데모를 하는 것이 중요하다."고 충

고했다.

그 이후 괴산군청노조원들로부터 고맙다는 답례로 초청을 받았다. 대사리 효원가든에서 오리 백숙에 가시오가피주를 곁들이며 군청노조원들과 함께했다.

공직사회에 새로운 변화, 올바른 공직사회를 선도하는 노조공무원들의 용기에 찬사를 보내며, 전략적으로 접근해서 오늘부터 더 좋은 내일을 펼쳐 보자는 공감대를 형성한 좋은 시간이었다. 이처럼 괴산에 있을 때는 물론이고 서울에 있으면서도 괴산지역의 발전과 군민들을 생각하는 마음에는 조금도 변함이 없었다.

문제를 해결하는 8가지 방법

1. 어떤 문제에도 반드시 자신의 힘으로 해결할 수 있다는 신념을 가져라.

2. 항상 편안한 마음으로 문제에 접하라.

   긴장된 상태에서는 정상적인 판단은 어렵다.

3. 문제를 무리하게 해결하려 하지 말라.

4. 발생한 문제에 대한 모든 사실들을 수집하라.

5. 현재 일어난 문제점들을 순차적으로 종이에 적어보라.

   그러면 모든 문제점들이 올바르게 파악할 수 있고 대처 방안을 세울 수 있다.

6. 당신의 문제점에 대해서 신께 상의하라.

   그러면 당신을 인도해 줄 것이다.

7. 자신의 통찰력과 직관력을 믿어라.

8. 자신보다 능력 있는 사람들에게 조언을 구하라.

– 로버트 H. 슐러

또 한 번의 터닝 포인트

2000년에 나는 다시 경찰청으로 발령을 받았다. 수사국에서 인사업무와 기획, 예산 업무 등을 맡게 되었다. 경찰의 수사 전문성을 높일 수 있도록 수사 경과제를 만들라는 경찰청장의 지시가 떨어졌기 때문이다. 수사 경과제란 수사 전문 인력 양성 차원에서 수사·형사·여성·청소년, 교통사고조사 등 수사 분야에서 근무할 수 있도록 하고 수당과 승진, 인사체계를 일반 경찰과 분리함으로써 수사경찰의 전문성을 강화하는 인사 시스템으로 운영하는 제도를 말한다.

사실 본청에서 근무할 때는 자신의 업무는 확실하게 처리해야한다. 업무의 중요도가 높아서 다른 일들을 돌아볼 여유가 없었다. 나는 고민했다.

'경찰청에 들어가서 계속 승진에 매진할 것인가?' 아니면 '일선에 있으면서 공부를 계속하여 박사 학위를 받은 후 대학에서 강의를 할 것인가?'

이 두 가지 중 한 가지를 택하기 위해 오랜 시간 숙고를 거듭해야 했다. 나도 모르는 사이 조금씩 대학에서 강의를 하는 쪽으로 마음이 기울고 있었다. 평소 일을 할 때 경찰 동료들과 선배들에게 불려오던 '나 박사'란 별칭을 진짜 호칭으로 만들고 싶기도 했고, 대학에서 강의할 준비를 어느 정도 그려놓은 상태였기 때문이다. 물론 어느 것 하나 단시간 안에 이뤄질 일들이 아니었다. 그렇기 때문에 더 신중하게 생각할 필요가 있었다.

어떤 일에든 최선을 다하고자 기도하고 노력할 때 응답 받는다고 했다. 그리고 보면 고민이란 어떤 일을 시작하려고 할때, 할까 말까 망설이는 데서 더 많은 갈등이 생기는 것인지도 모른다.

일을 선택할 때 망설이는 것은 그동안의 내 스타일과도 맞지 않았다. 망설이기보다는 옳다고 생각하면 일단 시작하는 것이, 남들보다 한 걸음 앞서는 것이라고 생각해 왔기 때문이다. 이것이야말로 내가, 지금의 이 자리에서 많은 일을 하게된 원동력이었다.

나 자신을 한층 더 치열하게 몰아붙이기 시작했다. 이 무렵 한 양대학교 김종량 총장님과 함께 식사를 하며 인천송도국제도시 개발과 청라지역신도시개발에 대하여 깊은 이야기를 나누게 되었다. 이때 김종량 총장님께서는 인천도시개발정책에 대하여 높은 관심을 가지고 계셨다. 나 또한 인천 근무 시 이 지역도시개발 현장을 다녀왔기에 총장님과 이야기를 재미있게 나눌 수 있었다. 이 자리에서 대학원 박사과정 진학을 마음먹고 바로 한양대학교 행정학 박사 과정에 도전하였다. 향후 진로를 결정지었던 이 시기가, 내 인생에 있어서는 또 한 번의 터닝 포인트였다.

낮에는 일하고 저녁에 학교 나가 수업을 듣는 일과는 무척 힘든 생활이었다. 스트레스로 오는 탈모증을 두 번씩이나 겪어야 했다. 하지만 이희선 교수님, 정우일 교수님, 최병대 교수님, 박응격 교수님 등 권위 있는 교수님들의 지방자치행정과 도시개발정책, 공공정책관리, 관리자의 리더십, 통계분석학 등에 대한 강의는 소홀히 넘길 수 없는 금쪽같은 내용의 강의였다. 박사과정의 공부가 늦었지만 늦었다고 할 때가 빠르다고 하는 것처럼 힘들지만 재미 있는 생활이었다. 진로를 확실하게 선택하고 나니 마음이 한결 편해졌다.

나는 발령 받아서 가는 곳마다 그 지역의 문화와 역사가 있는 곳들을 직원들과 함께 찾아다니는 것을 좋아했다. 자신이 근무하는 지역의 문화와 역사를 잘 알고 있어야 지역사랑에 대한 애착이 생기기 때문이다. 그래서 직원들에게 우리 지역에서 역사성 있고 가볼 만한 곳을 10군데 선정해 보라고 했다. 얼핏 생각하면 도심 안에는 그런 장소들이 많을 것 같지 않지만 지역마다 역사가 있고 가 볼 만한 문화적 가치가 있는 곳이 많았다.

동작구에는 장승배기란 지명이 있는데, 왜 그곳이 장승배기로 불리게 됐는지 실제로 가서 그 동네의 유래를 알아보았다. 장승배기는 동작구 상도동·노량진동에 걸쳐 있던 마을로서, 장승을 만들어 세워 놓은 것이 유래되어 붙여진 이름이라고 한다. 또 노량진역에는 경인선 표지판이 남아 있다. 이는 1899년에 한국 최초의 철도인 경인선이 이곳에서 제물포까지 개통되었을 당시 노량진이 시발점이었기 때문이다. 이 근처의 사육신묘와 현충원도 직원들과 함께 참배하고, 그곳에서 도시락을 먹고 오곤 하였다.

서울 강서구에는 직원들과 겸재 정선 기념관을 다녀오기도 했다. 우리가 쓰고 있는 1,000원짜리 뒷면에 있는 그림이 겸재 정선께서 그린 유명한 그림이다.

현충일을 맞아 직원들과 함께 동작동 현충원 참배

　동작구에 있을 때는 현충원을 찾아가 호국영웅들과 역대 대통령 묘소에 참배하고 직원들과 함께 삼성산 국사봉 아래에 있는 사자암에 오르기도 했다. 이곳에서는 청와대가 멀리 바라보였다. 직원들과 함께 절 마당으로 들어가 스님에게 인사를 드리고 사자암이 왜 사자암이라 이름 지어졌는지 그 유래에 대해 묻자, 스님께서는 사찰 내를 직접 설명해 주셨다. 사자암이 있는 삼성산과 인근의 호암산은 산의 형세가 북으로 내달리는 호랑이 형국이라고 하였다. 이 절을 창건한 무학대사는 그 기세를 막기 위해 사자 형상을 띤 국사봉 아래에 사자암獅子菴을 세웠고, 호암산에는 호랑이를 제압한다는 의미를 지닌 호압사虎壓寺를 세웠다는 것이다.

한번 생각해 보자. 그 지역에 근무하는 공무원이 관내에 있는 문화 유적지를 얼마나 알고 있는지. 그 문화 유적지에 대하여 잘 알고 있다면, 관내 지역에 대한 애착은 물론이고, 다른 지역에서 오신 분들에게 그 지역을 홍보 할 수 있는 계기가 될 수 있을 것이다. 그리고 점심시간에 도시락을 들고 문화 산책을 할 수 있는 여유로움이 있다면 더 행복함을 느낄 수 있지 않았을까.

05

순경으로 입문하여
총경으로 퇴임하다

1977년 봄 육군 병장으로 제대한 후 엽연초 생산직 공무원이 되려던 생각을 바꾸고 친구와 함께 경찰공무원이 되었다. 부평에 있는 경찰 종합 학교에서 교육을 받던 중이었다. 이영상 학생대장님께서 나를 호출하셔서 갔더니, 청와대 경호실 근무를 왜 지원하지 않았느냐고 물으셨다. 나는 시골에 부모님이 계셔서 고향으로 가겠다는 의사를 전달했다. 그러자 대장님께서 "이 사람아! 청와대는 아무나 가는 곳이 아니야. 청와대에서 자네를 필요로 하고 있어 일단 갔다가 싫으면 언제든지 고향에는 갈 수 있어. 그러니 지금 이 자리에서 지원하게."라며 강하게 권유하셨다. 이를 계기로 나는 청와대에 근무하게 되었다.

청와대는 국가관과 충성심을 최고로 요구하는 곳이었다. 다소 고생은 되지만, 그곳에서 많은 것을 배우고 느끼며 좋은 선후배들과의 연을 맺을 수 있었다. 그 후 경찰청에서의 근무가 대부분이었으며 일선 경찰서에서의 근무는 순경 때 11개월, 경장 때 4개월, 경위 때 파출소장 5개월, 정보계장 1년, 교통사고조사 계장 4개월이 일선 경찰서 근무경험의 전부다.

경찰청과 서울 경찰청에서의 근무는 인사, 교육, 기획 업무를 주로 담당하며 내부 직원들의 만족도를 높여서 국민이 행복한 치안 행정 정책을 만드는 데 노력했다. 특히 경찰관 채용 제도와 승진, 인사 발령, 교육 업무의 개선은 물론이고 경찰청장님의 지시에 따라 경찰의 전문성을 높이는 방안의 하나로 수사경과제를 만들었다.

경찰은 대민업무와 인권보호업무를 다루기 때문에 인력관리는 매우 중요하다. 무엇보다 공무원들의 사기를 살려 신바람 나게 일하는 직장으로 만들어 가야 한다. 어느 누구하나 소중하지 않은 공무원이 없기 때문에 사기를 저하시키는 인사정책은 국가의 큰 손실이라 생각하여 왔다.

인사가 만사라는 말이 있다. 조직관리나 인사관리는 공정성과

형평성, 타당성, 효과성, 발전 가능성 등의 기준에서 벗어나지 않아야 한다. 특히 내 사람, 네 사람을 구분하게 되면 공무원 조직은 분열되고 여론도 추락한다. 이는 몸소 경험하였기 때문에 앞으로도 이 부분은 제일 중요시돼야 할 과제라고 생각한다.

경찰공무원은 다른 조직보다 승진이 어려운 곳이다. 괴산경찰서와 괴산군청을 비교할 때 경찰서는 5급에 해당하는 경정급 과

35년간 경찰공무원을 마감하는 퇴임식

장이 1명이지만, 군청은 5급 과장이 무려 30명에 이른다. 이토록
엄청난 차이를 보이고 있다는 것은 승진의 방법과 제도 운영에서
많은 차이점이 있음을 알 수 있다. 여하튼 인사는 공정해야 한다.
다른 조건들이 개입하는 것은 있을 수 없는 중요한 사안이다. 몇
번을 강조하지만 인사는 복지차원에서 다루어야 한다.

　　나는 대부분 시험으로 승진을 하였다. 본청과 서울청 기획 부서
등 일이 많고 힘든부서에 근무하면서도 시험 승진을 통과하였다.
빽도, 재주도 없는 사람이기 때문에 성실히 일하여 모든 분들에게

인정받아야만 내가 설 수 있는 자리가 생긴다고 생각하여 왔다.

　나는 경찰 조직에 들어와 일을 정말 많이 했다. 한시도 쉬지 않고 일했고, 그 와중에 짬을 내서 학교에 다니는 등 두 마리 토끼를 잡느라 놀러 한번 제대로 다니지 못했다. 본청에서 모범 공무원들을 인솔하여 전국산업시찰과 해외 여러 나라 시찰을 할 수 있었던 것이 유일한 여행 경험이다. 내가 처음으로 해외에 나간 것은 전국 모범경찰관들을 인솔하고 스위스, 독일, 프랑스를 7박 8일 일정으로 다녀온 것이다. 그러나 가족과 함께 갔으면 더 좋았을 것이라는 생각이 들어 그 후에는 유럽, 일본, 중국 등 해외 시찰 계획을 세울 때는 가급적 부부동반을 하도록 권장하였다. 해외여행 겸 시찰을 하면서 나라사랑, 가족사랑을 느낄 수 있도록 계획을 수립하여 추진하였다.

35년의 경찰 생활을 총경으로 마감하며 국가에 대해 한없는 감사와 동료 직원, 친지들에게 고마움을 느낀다. 그동안 내가 먹어 왔던 밥은 국가에서 주는 국밥이었고, 내가 앉아 있었던 자리는 꽃자리였다. 오늘날까지 국가가 나를 만들어 주었으며 내 고향 괴산이 나를 키워주었다고 생각한다.

06

남북한 경찰 통합,
직무 스트레스 삭감제

나의 석사 학위 논문은 〈남북한 통일과 경찰 통합에 관한 연구〉
였다. 최우수논문상을 받을 만큼 많은 관심을 모았던 논문이다.
경찰 내에서 경찰통합에 관하여 처음 나온 논문이었다. 1999년
김대중 정부가 들어서면서 통일이 곧 되는 것처럼 이야기하던 때
였다. 남북한이 통일되면 남한에 치안 질서를 유지하는 경찰관과
북한의 공안원들이 통합되어야 하는데 치안 관련 법률의 통합, 조
직의 구조적 통합, 인력 운용의 방법 등 법과 제도에 대하여 심도
있는 연구가 필요하다고 생각해서 논문을 쓰게 되었다. 그다음은
박사 학위 논문으로 〈경찰 공무원의 직무 스트레스가 직무 행태
에 미치는 영향〉이란 제목으로, 한양대 대학원에서 박사 학위를

수여받았다. 이는 전국에 있는 경찰 공무원 600명을 대상으로 직무 스트레스와 관련된 조사를 실시하여 연구·분석한 것이다.

직무 스트레스란 '개인이 감당할 수 있는 수준을 넘었거나, 주어진 스트레스 자극에 적절하게 대처하지 못하는 경우'를 의미한다.

현직 경찰공무원 6백 명에게 스트레스를 가장 많이 받는 때를 물은 결과 '역할 모호'(M=3.88)가 가장 높게 나타남을 알 수 있었다. 그 다음은 불확실성(3.86), 교대 근무(3.82), 긴급성(3.80), 역할 갈등(3.72), 위험성(3.71) 등이 직무 만족에 의미 있는 영향을 미치는 것으로 나타난 것이다.

직무 스트레스가 가장 높은 '역할 모호'는 상관의 애매모호한 지시나 명령, 소신보다 실적을 중시하는 실적주의, 민원인이 너무 많은 것을 요구하는 경우 등의 사례를 의미한다.

반면 직무 스트레스 두 번째에 오른 '불확실성'은 사건 때마다 처리하는 업무가 달라지는 경우, 언제 출동할지 몰라 항상 긴장된 상태 등을 일컫는다.

이밖에 '위험성'은 위험을 예지하고도 현장에 진입할 경우, 직무 수행 중 위험에 노출될 수 있다는 생각 등을 의미한다.

일반인들이 생각하고 있는 '위험성'이 예상 외로 낮게 나타난 것은, 경찰 공무원 스스로가 직무와 관련된 위험성을 수사 형사나 집회 시위를 관리하는 일부 부서에 한정된다고 생각하고 있기 때문인 것 같다.

한편 경찰 공무원들이 직무와 관련돼 얻고 있는 스트레스는 직무 만족, 조직 몰입, 조직 애착, 충성도 등에 악영향을 미치고 있는 것으로 나타났다.

한 사례로 역할 모호가 높아지면 조직 애착이 상대적으로 낮아지고, 역할 갈등이 높아지면 충성도가 가장 낮아지는 것으로 나타났다.

조직 몰입에 미치는 영향에서도 위험성, 교대 근무, 역할 갈등, 역할 모호가 조직 몰입에 좋지 않은 영향을 미쳐 역할 갈등, 교대 근무, 역할 모호, 위험성의 순으로 조직 몰입이 어려운 것으로 분석되었다.

특히 직무 스트레스는 조직 애착과 충성도를 낮추는 것으로 나왔다.

이러한 조사 결과 무엇보다 경찰 공무원의 직무 스트레스 해소 방안으로, 직무 스트레스 계량화를 통한 '스트레스 삭감제' 도입이 필요하다고 논문을 통해 주장하였다.

조직 폭력, 학교 폭력, 주취 폭력, 성폭력과의 전쟁이나 소탕 계획, 척결 등의 대규모 작전을 추진한 이후에도 경찰 공무원에게는 휴식이 공식으로 보장되지 않는 실정이다. 그러므로 중요한 일로 직무 스트레스를 받게 될 때에는 이를 계량화해, 이에 맞는 휴식 시간을 보장해 주어야 한다는 것이다. 이를 위해서는 다음과 같은 사항들이 필요하다.

1. 재직자 보수 교육 과정에 직무 스트레스 해소 과정의 신설
2. 적절한 수당 체계와 성과급 체계
3. 조직 내 상하 간 의사소통 확대와 인사 혁신을 통한 잠재능력과 창의력을 발휘할 수 있는 조직 내 사고 전환
4. 정책 실무자와 경찰 지휘부의 직무 스트레스 인식 전환 등이 필요하다.

다시 말해 경찰 조직 내 지휘부와 실무자가 경찰 공무원의 직무 스트레스의 중요성을 알고 이를 예방·해소하려고 노력할 때, 경찰 공무원의 직무 만족도 역시 높아질 수 있는 것이다.

이 논문은 '경찰 스트레스를 줄이려면' 등의 제목으로 여러 신문에 소개되기도 했다.

한양대학교 박사학위수여식후 김종량 이사장, 이영무 총장, 동료들과 함께

제3장 ....

행복의 열쇠

01

시련

　나는 시골에서 태어났지만 어릴 때부터 농업에 대한 일외에는 별로 아는것이 없는 편이었다. 부모님께서 농사를 짓고 자녀들을 키우느라 많은 고생을 하셨다.

　우리 부모님은 11남매를 낳아 7남매를 잃었기 때문에 마음고생을 무척 많이 하셨다. 열 번째 자식인 동시에 장남이었던 나를 일찍부터 장가보내려고 애를 쓰셨다. 지금 같으면 믿기지 않는 얘기지만 내가 고등학교 2학년 때부터 결혼 얘기가 나왔었다. 그도 그럴 것이 내가 고3 때 아버님께서 회갑을 맞이하시게 되었는데, 어떻게든 그 전에 장가를 들여서 회갑잔치를 치르고 싶었던 것이다. 그때까지만 해도 아직 어렸던 나는 부모님께서 결혼 얘기를 꺼내실 때마다 어찌

할 바를 몰랐고, 이 핑계 저 핑계 대면서 딴청을 피우고 있었다.

　나는 37사단 군종 사병으로 군대 생활을 했는데, 군에서 제대하고 나자, 부모님의 결혼 독촉이 한층 심해지셨다. 다른 부모님들에 비해 연세가 높은 탓도 있었지만, 부모님 살아생전에 하루라도 빨리 친손주를 안아보고 싶은 마음이 앞섰기 때문일 것이다. 나로서도 그런 부모님을 더 이상 모른 척하고 있을 수만은 없었다.

　나는 결국 작은누님의 중매로 맞선을 보게 되었다. 선을 본 후 결혼이야기가 빠르게 진행되어, 부모님의 소망대로 칠성교회에서 결혼식을 올리게 되었다. 청와대에 근무하는 동료들이 서울에서 예식장을 잡아 결혼식을 올리지 왜 시골 교회에서 하느냐는 비난도 있었다. 그보다는 내가 태어나고 자란 고향, 내가 다니던 교회에서 하나님의 말씀에 순종하며 부모님과 친구들의 진심 어린 축하를 받고 싶었다. 이후 강북구 미아동과 강동구 암사동에 살며 보물 같은 3남매를 두었다.

　지금까지 나는 그다지 풍족하지는 않은 생활을 해왔다. 건강 때문에 속을 썩는 일도 별로 없었다. 어떻게 보면 너무나 평범하여, 그 평범함이 주는 행복을 미처 깨닫지 못했던 것인지도 모르겠다.

　"삶이 편안하면 방심하게 되고, 방심하면 안주하고 방탕해진다. 편안한 삶에는 성장이 없다. 시련이나 위기는 스스로를 단련시키고 더욱 옹골찬 인간으로 빚어지게 한다. 도자기는 수천 도고온을 견디고 나서야 예쁜 그릇이 된다. 온실 속 화초보다 온갖 위험 속에 자란 야생초가 더 강인하고 생명력이 질기다."

권근의 『주옹설』에 나온 구절이다. 어리석게도 나는 시련이 닥치기 전까지 이 말의 진정한 의미를 깨닫지 못하고 있었다.

첫째인 딸이 초등학교 2학년, 둘째인 큰아들이 유치원, 막내아들은 대·소변 겨우 가리는 어릴 때였다.

아내가 둘째인 동욱이와 유치원 가을소풍을 다녀왔다. 낮에 도시락을 먹고 탈이 났는지 토하고 배가 아프다는 연락을 받았다. 급히 퇴근하여 내가 집에 도착한 시간은 7시경이었다. 급히 택시를 타고 아내와 함께 인근 병원으로 가게 되었다. 의사의 진찰을 받으니 주사를 맞으라는 것이었다. 의사의 지시대로 주사를 맞던 중, 이 어찌된 일인가. 아내는 말 한마디 하지 못하고 의료사고로 순식간에 아내는 생명을 잃은 것이다. 다시는 집으로 돌아오지 못하고 말았다. 남들 일인 줄로만 알았던 의료사고가 일어난 것이다. 주사로 인한 의료사고를 당하고 말았다.

정말 순식간의 일이었다. 한순간에 사랑하는 아내를 잃어버린 나는 도저히 믿겨지지 않았다. 우리 가정은 아이들 엄마와 성경책을 옆에 끼고 고사리 같은 애들 손잡고 교회에 갈때면 세상 부러울 게 하나도 없는 사람이었다.

시골에서 쌀이랑 반찬거리도 보내줘서 경제적으로도 어려운 것이 하나도 없었다. 처남과 처제를 합쳐 모두 8명의 식구가 북적거리고 살던 집이었다. 평범하지만 늘 평온과 행복이 깃들어 있던 가정이었는데, 갑자기 말조차 할 수 없는 상황이 돼 버린 것이다. 엄마를 잃고 울고 있는 아이들을 보니 더 말문이 막혔다. 믿을 수 없는 현실에 고개를 가로저을 수밖에 없었다.

아빠인 내가 엄마의 빈자리를 대신 채우려 했지만 불가능한 일이었다. 그때부터 나는 집에 들어와 살림하고 허둥대며 직장에 나가 넋 나간 사람이 되었다. 그렇게 3년을 혼자서 아이들을 키우다 보니, 남모르게 흐르는 눈물을 닦아낸 날은 하루도 빠짐이 없었다. 퇴근해서 부랴부랴 집으로 돌아오면 흐트러진 이불하며, 여기저기 던져놓은 옷하며…. 밥하고 설거지하고 세탁하고 아이들 준비물을 챙기며 울고 또 울었다. 아이들이 말썽을 부려도 안쓰러워 야단조차 제대로 쳐주지 못했던 나날이었다. 정말로 나에게도 아이들에게도 혹독한 나날이었다.

때로는 하느님이 정말 계신가 반문하기도 하였다. 하지만 울면서 기도 했다. 우리 아이들 3남매 지켜주시고 보호해주시고 잘 자라게 해달라고….

02
추운 겨울을 보낸 나무들이
더 아름다운 꽃을 피운다

혹독했던 3년간의 어려움을 겪으며 어느덧 아이들에게도 조금 씩 굳은살이 박이는 것처럼 보였다. 그런 아이들이 기특하면서도 한편으로는 가슴이 먹먹해졌다. 그러나 제아무리 씩씩한 척해도 엄마의 빈자리가 쉽게 채워질 수는 없는 법. 아이들을 위해서라 도 재혼을 생각할 때가 된 것 같았다.

힘든 생활을 눈물로 기도하며 살았다. 너무나 가혹한 시련이라 고 생각하면서도 이를 받아들이며 마음을 다잡아 갔다. 앞으로 살아가려면 승진과 학업성취 둘 다 포기할 수 없었다. 다시 시작 해야 한다는 생각이 들었다.

그러던 어느 날 내 사정을 딱하게 여긴 동료의 소개로, 지금의 아내를 만나게 되었다. 아내는 서울시 공무원으로 10년간 근무한 사람이었으며, 더욱이 어머니와 함께 살면서, 우리 애들 또래의 조카들을 키우고 있다는 것이다. 그 말을 듣는 순간 이 사람이라면 우리 아이들을 믿고 맡길 수 있겠다는 확신이 들었다. 누구보다 나를 더 잘 이해해 줄 것 같았다.

아내의 내면을 들여다보면, 단단함을 지닌 여자였다. 목소리가 크지 않아도 자신의 주관이 뚜렷한 사람이었다. 화려하지 않아도 믿음과 신뢰를 느끼게 되어 아내에게 청혼할 수 있었다. 하지만 세상의 어느 부모가 아이가 셋 달린 남자에게 딸을 맡기겠는가?

아내의 가족 또한 마찬가지였다. 당연한 일이다. 그러나 아내는 나의 마음에 또 다른 상처를 주지 않으려고 가족들의 반대와 주변의 반대를 혼자서 견뎌내었다. 무엇보다 아이들이 불쌍하다고 자기가 키워주고 싶다고 했다는 말을 장모님으로부터 들었을 땐 뭐라 말할 수 없이 가슴이 뭉클했다.

아이들이 커서 엄마에게 잘할 거라고 믿으며 마음 깊이 고마움을 느꼈다. 지금 생각해보면 아내와의 사이에서 아이를 낳지 않은 것이 못내 마음에 걸리기도 하다.

드디어 우리 집에도 혹독했던 겨울이 지나가고 따뜻한 봄이 찾
아왔다. 그리고 내가 신뢰했던 것처럼 정말 헌신적으로 아이들
을 키워 주었다. 사정을 모르는 사람은 친엄마가 아니라는 사실
을 아무도 눈치채지 못할 정도였다. 그만큼 아이들과의 사이에

목동 주택으로 이사하여 새롭게 살림을 시작하였다.

틈 하나 벌어지지 않는 친밀도가 있었다. 아내의 사랑 안에서 엄마의 손길을 느끼며 아이들도 무럭무럭 자라 어느새 성인이 되어 있었다.

추운 겨울을 보낸 나무들이 더 아름다운 꽃을 피운다는 사실을, 잘 자라준 우리 아이들을 보며 다시 한 번 깨닫는다. 큰아들은 삼성전자에 다니고 있고, 예쁜 며느리와 손녀가 있다. 막내아들은 행정직 공무원이 되어 구청 행정과에서 근무를 잘하고 있으며, 공무원인 딸도 서울대병원에 다니는 사위와 결혼하여 외손녀까지 있으니, 아내에게도 아이들에게도 감사하고 또 감사할 뿐이다. 아내가 외손녀를 1년 3개월간 돌봐주며 정이 들어 늘 보고 싶어 하고 서울에 떼어놓고 온 손녀가 마음에 걸리기도 한다.

부부는 영원한 동반자라 했던가.

퇴직을 하고 괴산으로 내려오겠다고 했을 때도 아내는 내 의견을 존중해 주었다. 그것이 결코 쉽지 않은 결정이었음을 내가 어찌 모르겠는가. 평생 자신을 희생하여 나와 아이들을 더 밝게 빛나게 해주었던 이가 바로 아내이다. 뒷바라지하는 와중에도 틈틈이 짬을 내어 대학에서 유아교육을 전공하고 동국대 대학원에서 사회복지를 전공하여, 유아교사와 사회복지사 자격증까지 갖추고 사회봉사자로 활동해왔다.

　내가 어떤 결정을 하고 어떤 일을 하든, 늘 곁에서 나를 지지하고 응원해 주는 내 삶의 동반자! 이제 내가 아내에게 받은 것을 하나씩 되돌려 줄 차례가 된 것 같다.

2014년 미선나무축제장에서

오늘

나용찬

오늘이다. 멋진 오늘이다.
내일이 오면 어제로 돌아간다.

오늘은 소중한 현실이다.
내일은 꿈꾸는 희망이다.
어제는 아름다운 거울이다.

힘든 어제를 이겨내고
오늘은 찬란한 내일을 향해 빛을 낸다.
잘 만들고 가꾸어 가야 한다.
우리 모두 행복한 스토리를 만들어 가자.

03

삶의 믿음

내가 교회에 처음으로 가게 된 것은 중학교 2학년 때였다.

그날은 아버님이 소에 쟁기를 달아 논을 갈고 계셨다. 어머님께서 나를 부르시더니 막걸리 반 되를 받아다가 아버님께 가져다 드리라는 심부름을 시키셨다. 그래서 막걸리가 담긴 주전자를 들고 산모퉁이 길을 돌아가고 있는데, 저 멀리서 나지막이 들려오는 칠성 교회의 종소리가 발걸음을 멈추게 하였다. 처음 듣는 종소리도 아니었는데, 그날따라 유난히 마음에 평온함을 가져오고 가슴에 울림이 느껴졌다. 순간 저 교회가 대체 어떤 곳인가 하는 호기심이 생기고 한번 가보고 싶다는 생각이 들었다.

평소 같았으면 막걸리를 가져다가 아버님께 직접 따라드렸을 텐데, 그때는 마음이 급해 그냥 논둑에다 놓은 채 "아버지, 여기 막걸리 갖다났습니다." 소리만 치고는 발걸음을 교회로 돌렸다. 처음 들어가 보는 교회인지라 뭐가 뭔지 모르겠고 안내하는 사람도 없어 괜히 민망한 생각이 들고 진땀이 났다. 그런데도 이상하리만치 마음만은 편해지는 것이 아닌가.

그것이 좋아 두 번 세 번 계속하여 다니다 보니 교회 분위기에도 곧 익숙해지게 되었다. 정확히 알 수는 없지만 분명히 나를 끌어당기는 어떤 힘이 존재하는 것 같았다. 중학교와 고등학교 시절, 나의 인격 형성에 큰 가르침을 준 것은 믿음이었다. 지난날을 반성하고 오늘의 행동을 다짐하여 내일의 계획을 이행하라는 기도를 통해 하나님과의 약속 이행이 나를 성장시켰다고 생각한다.

당시 칠성교회에서는 주보를 철필(속칭 가리방)로 긁어 프린트하였다. 교회 한쪽에서 원지를 철판에 놓고 철필로 긁어서 주보를 쓰고 있는 선배님이 있었다. 농협에 다니는 분이었다. 왠지 선배님 하는 일이 재밌어 보였다. 내가 무슨 용기가 났는지 어느새 선배님에게로 다가가 물었다.

"저기요, 제가 한 번 써보면 안될까요?"

"뭐, 네가? 아서라. 원지 비싼 것이야. 이건 안 된다."

나는 글씨를 제법 깨끗하게 쓸 줄 아는 아이였다. 웬만큼 자신감도 있었고, 안 된다고 하니까 괜히 더 하고 싶어졌다. 내가 가지 않고 끝까지 지켜보고 있으니까 나를 돌아보며 선배님이 말씀하셨다.

"너 글씨 잘 쓰면 한 번 해보렴. 그 대신 원지 버리지 않게 조심하고."

내가 신이 나서 큰소리로 대답한 후 심혈을 기울여 원지에 긁고 나니까 "아, 요놈 글씨 잘 쓰네." 하시면서 머리를 쓰다듬어 주셨다.

그 후부터 나는 선배님이 바쁠 때마다 대신하여 주보를 제작하였다. 그러다가 어느 날부턴가 내 몫의 일이 되어버렸다.

주보와 관련해서는 웃지 못할 에피소드가 있었다. 그때는 작은 누님이 시집을 가서 음성 제일교회에 다닐 때였다. 여름방학 일요일에 누님을 따라 그 교회에 가게 되었는데, 내가 보기에는 우리 교회 주보 로고보다 음성 제일교회 주보 로고가 훨씬 멋있어 보였다.

그래서 그 길로 교회로 돌아와 우리 교회 주보 로고는 팽개치고 제일교회 로고를 그대로 썼다가, 목사님한테 무척 혼난 일이 있었다. 그때까지도 나는 교회 주보 로고를 바꿔 쓰면 안 되는 줄도 모르고 있었던 것이다.

이후 37사단에 입대하여 군종 사병으로 복무했다. 서울로 상경하여 이사를 다닐 때마다 집에서 가까운 교회에 다녔다. 미아리의 신일고등학교 옆에 있던 송천감리교회를 거쳐, 강동구 암사동의 영광중앙교회를 다니면서 32세 때 집사 직분을 받게 되었다.

그러다가 내가 기독교는 물론 불교에도 마음을 열게 된 것은 아내를 만나고 나서부터였다.

칠성교회 권재고 목사님과 학생들

장모님 또한 돌아가시기 직전까지 불경을 읽으실 정도로 독실한 불교 신자셨다. 셋째 처남댁은 출가하여 강화도에서 스님으로 생활하고 있는 집안이었다. 그래서 우리는 결혼할 때 종교는 다르지만 상호 종교에 대해서는 존중하기로 약속했다. 각자 교회를 가거나 절에 가는 것에 간섭하지 않기로 했다.

지금의 아내와 결혼하면서 약속한 첫 번째는 아기를 낳지 않는 것이며 두 번째는 서로의 종교를 있는 그대로 인정하기로 한 것이다.

나와 아내는 처음에는 종교에 대해 서로 다른 해석을 내놓았으나 종교의 사전적 의미는 신이나 초자연적인 절대자 또는 힘에 대한 믿음을 통하여 인간 생활의 고뇌를 해결하고, 삶의 궁극적인 의미를 추구하는 문화 체계를 말하는 것이라고 원초적으로 해석하기로 하였다.

인간이 종교를 통하여 궁극적으로 얻고자 하는 것은 모두 한 가지일 것이다. 인간 생활의 고뇌를 해결하고 마음의 평화와 소망을 얻는 것이다.

인간관계에 있어서도 마찬가지다. 나와 똑같은 사람은 세상 어디에도 존재하지 않는다. 그러므로 상대를 인정하고 있는 그대로 받아들일 때 돈독한 관계를 맺을 수 있는 것이며, 그 관계가 오래 지속되는 것이다.

단체나 지역 간의 갈등도 서로의 다름을 인정하지 않고 자신들만이 옳다고 주장하는 데서 기인한다. 이럴 때에도 한 발자국씩 물러나 상대를 바라본다면 서로의 다름을 알 수 있는 기회가 되고 그러면 좀 더 객관적이고 공정해질 수 있다.

나는 이러한 소신을 일을 할 때에도 똑같이 적용하려고 노력하

칠성교회에서 추수감사절 때 특송을 부르는 모습

고 있다.

내가 그동안 중재자의 역할을 별 무리 없이 수행할 수 있었던 것도 이러한 노력이 뒷받침됐기 때문이다. 선입견과 편견을 버리고 있는 그대로의 상대를 인정하는 것, 그리고 더 나아가 나보다 상대를 배려하는 것, 이것이야말로 우리 사회에 뿌리 깊게 박혀 있는 갈등의 골을 봉합하고 화합으로 나아가는 첫걸음이 되어줄 것이라고 믿는다.

지켜야 할 마음 5가지와 버려야 할 마음 5가지

지켜야 할 5가지

1. 신심 : 모든 것을 믿는 마음이다.
2. 대심 : 모든 것을 담을 수 있는 여유로운 마음이다.
3. 동심 : 같은 마음을 품고 같은 생각을 가지고 걸어주는 동무와 같은 마음이다.
4. 겸심 : 작은 손길에도 고개를 끄덕이며 작은 소리에도 귀를 기울이고 어리석은 탓이라도 자기 탓으로 돌리며 오히려 자기 발을 때리는 스승의 마음이다.
5. 칭심 : 칭찬은 작은 이를 큰 사람으로 만든다.

버려야 할 마음 5가지

1. 의심 : 자신의 귀한 존재를 의심하지 마라.
2. 소심 : 큰 사람이 되자 큰마음을 갖자.
3. 변심 : 끝은 처음과 꼭 같아야 한다.
4. 교심 : 교만해지면 사람을 잃는다.
5. 원심 : 원망하는 마음은 스스로를 피곤하게 한다.

행복의 출발은
가정에서 시작된다

나는 초·중·고 시절 학교와 집만 왔다 갔다 하는, 비교적 모범
생에 속했다. 농촌이라는 특성상 담배농사를 짓기 때문에 담배
를 피우고 겨울이면 화투를 치는 일이 많았지만, 나는 이를 멀리
하였다.

지금 생각해 보면 신앙의 힘이었던 것 같다. 그래서인지 어릴
때부터 부모님께 걱정을 끼쳐드린 적이 없었다.

부모님 역시 무조건 나를 믿어주셨고, 그러한 부모님의 무한한
신뢰가 내가 성장하는 데 밑거름이 된 것이라 생각한다.

우리 집은 복합영농가정이었다. 전형적인 농촌의, 이를테면 닭
이 알을 낳으면 10개가 될 때까지 모았다가 짚으로, 꾸러미로 엮

아버님 회갑 때 찍은 집안 식구들

어서 장날 팔아서 노트를 사주고 차비를 마련하는 등 절약해야만
살아가는 시골집이었다.

　부모님의 나에 대한 무한한 신뢰는 고등학교 2학년 때 재산을
물려주신 것만 봐도 알 수 있었다. 아버님 이름으로 되어 있는 논
을 내 이름으로 등기해 주셨다. 그 덕분에 땅이 얼마나 소중하고
이것이 재산이다라는 것을 체감할 수 있었다. 그만큼 고향에 대한
애착과 사랑이 커질 수밖에 없었다.
　'경우에 맞게 살라!'라는 아버님의 가르침과 '참고 또 참아라!'라
는 어머님의 가르침은 내가 집을 떠나 사회에 나가서도 늘 내 가

습 한복판에 자리 잡고 있었다.

주저앉고 싶을 때마다 부모님의 말씀을 되새기며 한 번씩 더 힘을 냈고, 부모님께 부끄럽지 않은 아들이 되기 위하여 한 번씩 더 자신을 채찍질했다. 단 한순간도 부모님들의 믿음과 신뢰를 저버려서는 안 된다고 생각하였기 때문이다.

어느덧 시간이 흘러 이제 내가 부모님의 자리에 서게 되었다. 이 자리에 서고 나서야 비로소 부모의 역할이 얼마나 중요한지를 깊이 깨달을 수 있었다.

아이들이 자라면서 잘못하거나 속을 썩일 때면 나는 회초리를 들고 화를 내는 대신, 3남매를 앞에 세워놓고 다 함께 가정 신조를 외우게 했다.

⟨가정 신조⟩
마음을 넓고 참되게
말은 명쾌하고 공손하게
행동은 바르고 힘 있게
생활은 정직하고 보람 있게

가정 신조

그것이 훨씬 효과적이라고 생각했기 때문이다. 그리고 평소에도 아이들에게 공부하라는 소리는 잘 하지 않았다. 바르게 생활하는 것이 공부보다 우선이었기 때문이다.

다행히 아이들이 무척 잘 자라주었다. 아내의 공이 컸다. 이제는 어엿한 성인이 되어 세 명 모두 자신의 자리를 잘 잡고 제 밥벌이하며 건강하게 살고 있으니, 부모로서는 그보다 고마운 일도 없다고 생각하고 있다.

내 부모님이 그러하셨듯이 나 역시 이미 아이들에게 각자의 몫을 다 쥐어준 상태이다. 나와 아내는 앞으로도 아이들이, 스스로 최선을 다했다고 칭찬하는 날을 많이 만들어 가기를 바란다. 매일매일 스스로를 칭찬할 수 있는 삶, 그것이 행복임을 잊지 않으면서.

핵가족 시대의 가정교육 지침

1. 가족의 서열을 인식케 하라

2. 경솔하게 말하지 않게 하라

3. 아침에 깨워 주지 마라

4. 멀어도 걷게 하라

5. 가족 사이에도 시간을 지켜라

6. 숙제를 못해도 부모는 거들지 마라

7. 말씨는 엄격하게 다스려라

8. 세상엔 법이 있다는 것을 가르쳐라

9. 학교 성적으로 형제를 비교하지 마라

10. 아이들의 방 정리를 돕지 마라

11. 유원지보다 전원이나 고적지로 데려가라

12. 버스 안에서는 서서 가게 하라

13. 내 집 특유의 가풍을 세워라

14. 남의 단점보다 장점을 말하게 하라

15. TV프로를 바로 선택케 하라

16. 용돈 사용 결과를 확인하라

17. 관심을 보이는 것은 철저히 가르쳐 주어라

18. 일을 시키되, 없으면 만들어 시켜라

05

강단에 서다

나는 처음으로 고향 땅인 괴산을 떠나 서울로 상경할 때 스스로에게 약속한 것이 있었다. '내가 퇴직을 하게 되면 바로 그 이튿날 고향으로 내려오리라!' 하는 것이었다. 그리고 실제로 퇴직한 다음날 괴산에 내려옴으로써, 나는 자신과의 그 약속을 지켜냈다.

괴산에 내려와서 제일 먼저 한 일은 괴산군 감물면 이담리에 위치한 계담서원桂潭書院에 입교한 일이었다. 계담서원은 예절, 지역문화, 고유생활풍습 교육의 산실이었다. 나는 접장(반장)을 맡게 되었고 5개월간 그곳에서 한학, 제례, 붓글씨 등의 전통 교육과정을 이수하였다. 바쁘게만 달려왔던 지난날을 잠시 내려놓고, 고향 괴산의 정취를 마음껏 느낄 수 있는 뜻깊고 소중한 시간이었다.

내가 처음 강단에 서게 된 것은 2012년이었다. 동국대학교에서 강의하고 있는 친구의 요청으로 강의요청이 들어온 것이다. 숭실 사이버대학교에서 현직 경찰공무원 중 인사 업무와 채용 업무에 정통한 사람을 찾고 있다는 것이었다. 현직에 몸담고 있었기 때문에 다소 부담스럽기도 했지만, 나는 용기를 내어 수락하고 외래교수로 출강하게 되었다.

사이버대학교에서는 1회 75분 강의를 했다. 두세 번에 나눠 녹화를 할 수 있었다. 생각 외로 녹록하지 않은 일이었다. 목소리는 갈라졌고 업무와 병행하다 보니 늘 시간에 쫓겼다. 그러나 일단 결정을 내린 이상 되돌릴 수 없는 일이었다. 나는 최선을 다하여 학생들에게 좀 더 생동감 있는 강의를 하고자 노력했다. 다행히 실무과목의 강의였기 때문에, 현장 업무에서 경험한 것들을 생생하게 전해줄 수 있었다.

그 덕분에 학생들로부터도 뜨거운 호응을 불러일으킬 수 있었다. 그때 나에게 수업을 들었던 학생들이 아직도 연락을 해오고 있다. 그중에는 경찰관은 물론이고 군인, 교도관, 일반인 등이 있다. 유난히 정이 많이 가는 학생들이었다.

현직에 있을 때 강의 요청을 받은 곳이 여러 대학교가 있었다.

그중 괴산에 있는 중원대학교도 포함되어 있었다. 경찰 행정학과 과장님으로부터 "어떻게 하면 중원대 학생들이 경찰관이 될 수 있는가?"라는 주제로 특강하여 달라는 요청을 받은 것이다. 나는 〈경찰관의 길〉이라는 제목으로 100분간 특강을 하였다. 이때 학생들은 물론이고 교수님들에게서도 큰 호응을 얻게 되었다.

이후 중원대학교에서 겸임교수로 임명을 받고 1년간 경찰행정학과 3, 4학년 학생을 대상으로 실무 강의를 하였다.

나는 강의뿐만 아니라 국립과학수사연구소의 부검 현장과 과학수사의 체험학습, 경찰청 감식 현장과 교통관제센터 등을 방문하여 1일현장체험을 실시함으로써 학생들에게 산교육을 시키고자 노력했다.

경찰청 국립과학수사 연구원 현장체험

이밖에도 학생들에게 노인복지회관, 장애시설, 절인 배추 현장 등에서 봉사 활동할 기회를 제공하여, 괴산의 문화정신을 익히게 하여 살기 좋은 괴산이라는 것을 느낄 수 있게 해주었다.

그리고 무엇보다 학생들의 당면 과제인 '어떻게 공부하면 경찰관이 되는지?'에 대하여 가르쳐주었다. 경찰관 채용시험의 절차와 방법, 출제경향, 체력, 면접에 관한 사항 등이었다.

여기서 그치지 않고 방학 때에는 서울 노량진에 있는 공무원 채용관련 고시학원에 두 달 코스로 다니게 하여 공무원 채용정보, 공부하는 방법을 지도하였다. 그 결과 경찰행정학과를 졸업한 학생과 3학년 재학중인 학생이 경찰관 시험에 최종 합격하는 영광스런 결과를 얻을 수 있도록 해주었다. 그러나 일부 사람들의 종교적 모함으로 중원대학교를 1년만에 그만두었다.

중원대학교를 유치한 사람에 대해서는 아무 말 못하면서 단순히 겸임교수로 학생들을 상대로 강의만 하고 있는 나에게 정치적으로 모함하는 후보들을 보면서 그들의 인격을 의심하지 않을 수 없었다. 나는 1년 만에 중원대 겸임교수를 그만두었다. 현재는 수안보에 있는 국립 중앙경찰학교 외래교수로 임용되어 국민을 섬기는 대인관계의 중요성을 강조하며 신바람 나게 강의하고 있다.

현명한 삶을 사는 8가지 방법

1. 늘 열심히 일하라.

2. 절대 화내지 말라.

3. 절대로 사람을 차별하지 말라. 그리고 그들을 속단하지 말라. 항상 사람은 좋다고 간주하라.

4. 일이 어려울 때 관대한 사람이 아니라면 일이 쉬울 때에도 관대 한 사람이 될 수 없다.

5. 자신감을 최대로 강화시키는 것은 다른 모든 일을 해낼 수 있다는 것이다.

6. 자신감이 생기면 겸손하라. 사람은 장점뿐 아니라 약점도 가지고 있다.

7. 진실로 쓸모 있는 사람이 되는 길은 다른 사람들로부터 도움을 주고받는 것이다.

8. 싸움이 벌어지는 원인 대부분이 오해 때문이라는 사실을 명심하라.

— 골던 딘

06

나눔과 보탬

괴산에 내려와서 첫 번째 내가 한 일은 공무원 출신 10명을 규합한 일이었다. 그들 모두가 연금을 받고 있는 사람들이다. 연금은 그동안 현직에 있을 때 고생했기 때문에 주는 후생복지이기도 하지만, 현직에 있을 때 배우고 익힌 전문지식과 실무능력을 활용해 퇴직 후에도 이웃에 어려운 민원이 발생했을 때 그들을 도와주라는 봉사적 측면의 의미도 있다고 생각했다. 그러므로 우리가 힘을 합쳐 사랑방처럼 행정사 사무실을 하나 만들어 민원인들에게 봉사해보는 것이 어떻겠느냐고 제안을 하였다.

다행히 모두 뜻이 맞아 군청 내무공무원 출신과 경찰 공무원 출신들로 구성된 10명이 '괴산제일행정사연합회'를 결성하게 되었다. 또 우리가 행정 업무 외에 법률 자문을 구하기 위해서는 변호사의 힘도 필요하기에 6명의 변호사에게 MOU(업무협약)를 체결해서 변호사의 조력이 필요할 때는 협조를 받을 수 있는 시스템을 구축하였다.

우선 다문화 가정과 농촌지역, 저소득층 주민의 행정 업무를 대행하고, 생활법률을 무료로 상담해주었다. 민·형사상, 피해자 구제 등 법과 행정에 대해 잘 모르는 사람들의 어려움을 덜어주었다.

그중 교통사고가 났는데 보험에 들지 않아 합의가 되지 않는다고 도움을 요청해 온 사건이 있었다. 나는 발로 뛰었다. 3일 동안 피해자가 입원해 있는 병원을 찾아가서 대화로 풀기 시작했다. 집으로 오는 차가 끊겨 청주 고속버스터미널 내 찜질방에서 선잠을 자면서까지 피해자와 대화하여 결국 2주 만에 합의를 이끌어 내었다.

또 한 건은 한 농민이 여주에 인삼 심을 밭을 임대 계약했는데 그 마을 사람이 기획부동산으로 쪼개져 있는 땅을, 마치 자기 땅인 양 속여 임대료를 받아먹었다고 하였다. 나중에 확인해 보니 여러 사람의 공동소유라서 소유자 전원의 동의서를 받아야만 인삼을 심을수 있는 땅이었다. 인삼도 못 심었지만 임대료 6천만 원까지 떼어먹고 주지 않은 상태였다. 사건 해결을 위해 내용증명을 보내는 등 다방면으로 노력하여 임대료도 돌려받을 수 있었다.

임대계약과 관련된 사건도 있었다. 자녀들 이름으로 전세를 얻어줬는데 집주인과 감정싸움이 벌어져서 이사를 못나오게 된 경우였다. 이때에도 변호사, 법무사와 업무 조력을 통해 이사를 나올 수 있도록 해결해 주었다.

또 집단 귀촌단지에 관리처분을 하지 않아서 문제가 야기된 마을에 법률 및 행정 자문을 해주어 집단 민원을 해소할 수 있는 방안을 제시해 주었고, 한국자산관리공사 소유의 땅을 인근 경작자가 살 수 있도록 행정적 방법을 제시하여 재산 형성을 할 수 있도록 도와주었다.

무척 보람 있는 일이었다. 괴산제일행정사의 운영 방침은 나눔과 보탬을 통해 '날마다 희망, 더 좋은 괴산'을 만들고자 행정업무 지원과 생활법률 상담 등으로 괴산 주민들의 삶의 질 향상에 도움을 주자는 것이었던 만큼 더욱 뜻깊게 느껴졌다.

2000년에 이어 2013년에도 보훈 단체와 문학 단체의 충돌이 재현되었다. 이번에도 벽초 홍명희 선생과 관계된 것이었다.

벽초 홍명희 문학제를 괴산에서 열려고 하는데 보훈 단체들이 문학제를 괴산에서 하느냐며 반대하고 나선 보훈단체 회원들은 100여 명에 달했다. 머리띠와 어깨띠를 두르고 결사반대하며 시위 전열 태세를 갖추고 있었으며 반면 문학인들은 예정대로 문학제를 진행하여 야기된 충돌이었다. 이번에도 양측을 설득시킬 중재자가 필요했는데 결국 내가 또 그 역할을 맡아야 했다.

나는 양측에 중재안을 제시하였다. 그동안 문학 단체는 보훈가족에 대한 고통과 슬픔을 헤아리지 못한 부분에 대하여 사과하고 2013 벽초 홍명희 문학제는 예정대로 실시하기로 합의안을 도출하였다. 이렇게 하여 차가운 돌계단에 앉아 시위를 하던 원호가족들은 다소나마 위로의 인사를 받고 집으로 돌아갈 수 있었다.

벽초 홍명희문학제 관련 보훈단체와의 갈등을 조정하는 나용찬

강력한 힘을 주는 10가지 감정

1. 사랑과 온정

"모든 의사소통은 애정이 넘치는 대답이거나 도와달라는 절규 중 하나에 속한다."라는 말을 기억하라. 이 명제처럼 어떤 굳은 신조를 유지한다면 그 사람과 여전히 돈독한 관계를 유지할 수 있을 것이다.

누군가가 상처를 받았거나 화가 난 상태로 찾아왔을 때 당신이 계속 사랑과 온정을 보여준다면 마침내 그들의 감정상태가 변하여 괴로운 감정이 스스로 사라질 것이다.

2. 감사하는 마음

나는 가장 큰 힘을 지니고 있는 감정들은 각각 다르진 하지만 모두 사랑의 표현이라고 생각한다. 내게는 감사하는 마음이 영적으로 가장 고귀한 감정이다. 삶이나 다른 이들이 내게 베풀어준 것들 혹은 경험을 통해 배운 것에 대해 적극적으로 고마움을 표현하는 방법을 유지하면서 살아간다면, 당신의 삶이 놀랄 만큼 바뀔 것이다.

감사하는 마음을 품고 사는 것은 자신의 삶을 가꾸는 일이다. 늘 감사하며 살라!

3. 호기심

인생에서 진실로 성장하고 싶다면 어린아이처럼 호기심을 가지는 법을 배워라. 지루함에서 벗어나고 싶다면 호기심을 가져라. 호기심 어린 눈으로 바라보면, 세상에 하찮은 일은 단 한 가지도 없다. 호기심을 잃지 않으면 삶은 끝없는 즐거움의 탐구과정이 된다.

4. 열정

열정은 우리의 삶을 그 이전보다 훨씬 빠른 속도로 나아가게 하는 에너지이다. 사랑과 온정, 감사하는 마음, 호기심의 경우와 같이 우리가 그것을 느끼려고 결심하면 된다.

5. 결단력

결단력은 실망감이나 좌절감을 동반하는 불쾌한 일이나 어려운 상황을 잘 헤쳐 나가도록 이끌어 줄 것이다. 결단력은 번갯불과도 같은 다짐에 충격을 받아 행동을 취하는 것과 그 다짐에만 집착하는 것 사이의 차이점을 뜻한다.

6. 유연성

유연해지면 행복해질 수 있다. 살다 보면 감당하기 어려운 일이 생길 때가 있게 마련이다. 이때 자신이 사물에 부여하는 의미, 자신이 취하는 행동 등이 개인적으로 느끼는 기쁨의 정도는 물론이고 장기적인 측면에서 성공과 실패를 좌우하게 된다.

7. 자신감

흔들리지 않는 자신감은 우리 모두가 바라는 것이다. 한 번도 접해보지 못한 상황에서도 자신감을 지속적으로 유지할 수 있는 유일한 비결은 믿음을 갖는 것이다.

어떤 일을 시작하기 위해서는 두려움보다 자신감을 키우는 것이 중요하다. 흔히 실패를 두려워하며 어떤 일도 하지 않으려는 경우가 많다. 그러나 성공의 비밀은 이런 겁쟁이들의 손이 닿지 않는 곳에 있다는 사실을 기억하자. 인류발전의 원동력은 바로 신념을 갖고 행동할 수 있는 능력이다.

8. 명랑함

"자네는 우리와는 뭔가 좀 다른 게 있어. 항상 행복해 보이거든!" 웃음을 지으라고 나 자신에게 강요한 적이 없는데도 내가 늘 기분이 좋았다는 사실을 그제야 깨달았다. 내면에 행복이 충만한 것과 겉보기에만 쾌활한 것 사이에는 엄청난 차이가 있다.

밝게 생활하면 자존심에도 도움이 될 뿐 아니라, 삶이 좀 더 재미있어지고, 자신의 쾌활함 덕에 주위 사람들도 더 행복해 진다. 또 명랑함은 두려움이나 상처 받았다는 느낌, 분노, 좌절, 실망감, 우울함, 죄의식, 자신이 쓸모없는 존재라는 느낌을 불식시켜 준다.

주변상황이 어떻든 간에 웃음이 보약이라는 사실을 깨닫는 순간 당신은 이미 즐거워진다.

9. 활력

신체의 활력은 얼마든지 노력해서 얻을 수 있으며, 몸과 마음은 따로 떼어놓을 수 없다는 점을 기억해 두자. 건강의 기본은 제대로 된 호흡법이다. 또 하나 중요한 요소는 정신적인 면을 강인하게 가꾸는 일이다. 살아가면서 겪게 될 모든 감정에 적절히 대처하는 데도 활력이 얼마나 중요한 지를 명심하라. 당신의 정원이 이렇듯 기운을 북돋워주는 감정으로 가득 차게 된다면, 이제 다음을 통해 가진 것을 다른 이들과 나눌 수 있게 된다.

10. 베푸는 마음

자신의 됨됨이나 말, 혹은 행동이 자신뿐 아니라, 주위 사람들, 전혀 알지도 못하는 사람들에게까지 더 나은 삶을 만들어 줄 수 있다는 것만큼 근사한 일이 또 있겠는가!

조건 없이 다른 사람들에게 사랑을 베푸는 고귀한 이들의 이야기는 언제나 벅찬 감동을 안겨준다. 우리는 자신뿐 아니라, 다른 이들에게도 관심을 기울이며 함께 나누는 삶을 만들어나가야 한다.

자신의 삶이 중요하다는 점을 인식하고 자신과 주변 사람들에게 사랑과 관심을 보인다면, 다른 사람들과 관계를 맺고 있다는 느낌과 함께 자신을 뿌듯하고 자랑스럽게 여길 수 있을 것이다. 이런 느낌은 돈이나 위업, 명성, 남들의 인정 등으로는 절대로 살 수 없는 귀한 경험이다. 다른 이들과 나누며 살 수만 있다면, 가치 없는 삶이란 존재하지 않는다. 우리 모두가 서로 돕고 사랑을 나눈다면, 이 세상이 얼마나 좋아질지 한 번 상상해 보라!

– 앤서니 라빈스의 글 중에서

제4장

인연

01

만남과 인연

내가 경장 때 치안본부(현 경찰청) 인사과를 가게 된 데에는 옆에서 같이 근무하던 동료의 덕이 컸다.

나이는 동갑이었지만 나보다 1년 먼저 경찰에 입문한 친구였다. 그런데도 자기보다 늦게 들어온 내가 승진 시험을 볼 때마다 합격을 하자 은근히 샘이 났던 것 같다. 이 친구 입장에서는 자기가 선배인데다 뭐든지 나보다 나은 줄 알았는데, 막상 승진 시험에서 통과하지 못하니 그런 생각이 드는 것도 자연스러울 것 같았다.

그러면서 속으로는 '나용찬 니가 이제 승진했으니 나를 아래로 보겠구나.' 하는 생각이 들었다고 한다. 그런데 승진하기 전이나 승진한 후에나 자신을 똑같이 대해주니까 나를 다시 본 것 같았다. 나중에 들은 얘기지만 그때 참 내가 변함없는 사람이란 것을 느꼈다고 한다.

　이후부터 이 친구는 나와 절친이 되었으며 작은 일까지 상의하곤 했다.
　"나도 승진을 하고 싶은데 시험공부를 해보니 생각보다 쉽지 않다. 대체 어떻게 하면 내가 승진을 할 수 있겠니? 앞으로 어떻게 해야 되는지, 진단 좀 해줘라."
　가만히 듣고 있던 내가 뜬금없이 되물었다.
　"너희 집안에 널 끌어줄 친척이나 선배가 있니? 시험이 안 되면 심사로라도 승진해야 하잖아."
　내 말이 효과가 있었는지 친구는 누군가를 찾아가 부탁을 했는지 다른 자리를 옮기게 되었다. 지금은 표면상 잘 드러나지 않지만 그때만 해도 이런 일이 가끔 있었다.
　그런데 얼마 후 내가 생각지도 않게 이 친구 덕을 톡톡히 보게 되었다. 치안본부 인사과에 자리가 하나 생겼다고 귀띔을 해준 것이다. 그러면서 내게 이력서를 내보라는 것이었다. 귀한 정보는 얻었지만 아무런 빽도 연줄도 없었던 나로서는, 사실 별다른 기대 없이 이력서를 냈다.

사람 일은 아무도 알 수 없다고 했는데, 여기서 나는 또 하나의 인연을 맺게 되었다.

당시 인사교육과장이신 한 모 총경님은 괴산에 대해 좋은 인식을 갖고 계셨던 분이었다. 일이 되려고 그랬는지 얼마 전에 괴산 칠성의 학동저수지로 낚시를 하러 다녀간 것이다. 낚시를 하면서 어느 농가에 찾아가 밥을 해달라고 부탁했는데 보리가 약간 섞인 밥과 햇감자와 건새우, 아욱을 넣고 끓인 된장찌개가 나왔다고 한다. 이때 나온 보리밥을 보고 "우와, 보리밥 맛있겠다."라고 했다. 식사를 잘 마치고 밥값을 치르려는데 주인은 도리어 "쌀밥을 해드려야 하는데 보리밥을 드려 죄송하다."며 한사코 돈을 안 받으려 했다는 것이다. 주인의 태도에 감동을 받은 인사교육과장은 '아, 이렇게 인심 좋은 곳이 또 어디 있겠나!' 하면서 괴산에 대해 아주 좋은 이미지를 갖게 되었다는 것이다.

이때 치안본부 인사과에 결원이 한 자리 있었고 친구의 소개로 이력서를 내놓은 상태였다. 며칠 후 면접을 보게 되었으며 그 결과 괴산 농심의 아름다운 모습과 순수함을 보고 괴산 출신 나용찬을 발령 내게 되었다고 했다. 당시 치안본부 인사교육과는 전입 경쟁률이 높은, 대단한 자리였다. 그런데도 다른 경쟁자를 다 물

리치고 발령을 받게 된 것은 낚시하러 온 그분들에게 밥을 해주신 고향 마을의 주민 덕분이었다.

이 어찌 고향 주민들을 향해 감사한 마음을 잊을 수 있겠는가. 이를 두고 고향 주민들 덕분에 컸다고 말하고 그래서 고향을 더욱 사랑하며 애정을 가지고 살아왔다. 앞으로 더 잘해야 한다고 다짐 해본다.

주민들과 함께

자신감을 기르는 5가지 방법

1. 나에게는 훌륭한 인생을 구축할 능력이 있다.

   그래서 나는 절대로 중도에서 그만두지 않는다.

2. 무엇이든지 내가 마음속으로 강렬히 원하는 것은 반드시 실현
   될 것이라고 확신한다.

   그래서 매일 30분 이상씩 성취한 모습을 상상한다.

3. 나는 자기 암시의 위대한 힘을 믿고 있다.

   그래서 매일 10분간 정신을 통일하여 자신감을 기르기 위한 '자기
   암시'를 건다.

4. 나는 인생의 목표를 명확하게 종이에 쓴다.

   다음은 한 걸음 한 걸음 자신감을 가지고 전진해 가는 것이다.

5. 정도正道에 따라 행동하지 않고는 부도 지위도 결코 오래가지
   않는다.

   그래서 이기적이거나 비열한 방법으로는 성공하지 않겠다.

   – 나폴레온 힐

민원은 정성스레

서울에서 근무를 하다 보면 고향 사람들에게 부탁이 들어오는 경우가 꽤 많았다. 특히 내가 경찰 공무원이기에 더 그런 것 같았다. 나에게 도움을 요청한다는 것은 어떻게 생각하면 나를 인정하는 것과 같은 것이다. 평소 잘 알고 지내는 공무원이 여러 사람 있을 텐데 굳이 나에게 부탁하는 것은, 나를 인정하고 나에 대한 기대치가 높기 때문이라고 생각했다. 즉 내가 어떻게든 해결해 줄 것이라고 믿기 때문에 나에게 부탁하는 것이리라.

그런 면에서 나는 부탁받은 것이 아니라 선택받은 사람이라고 생각했다. 그래서 도움을 요청해 오는 사람들을 소홀히 대할 수 없었다. 그들 한 사람 한 사람에게 최대한 정성을 다하여 그들의 고민을 해결해 주려고 노력하였다. 업무는 정성을 다해 그 해결방안을 찾도록 도와주는 것이며 세심한 배려가 있어야 한다.

때로는 새벽 두세 시에도 집으로 전화가 걸려오는 경우가 있다. 그럴 때에도 나는 택시를 타고 현장으로 나가, 어떻게든 방법을 찾아 해결책을 마련해 주곤 했다. 이런 내 모습을 지켜보던 아내가 어느 날엔가는 우스갯소리로 말했다.

"당신이 대체 경찰이에요, 해결사에요?"

어찌 되었든 내 도움이 필요한 사람들을 새벽이라고 해서 외면할 수는 없었다. 더더욱 고향 사람들이 아닌가. 어려울 때 도와주는 것이 당연한 일이라고 생각했다. 조금은 힘들어도 어렵고 힘든 사람을 돕는 것은 나의 도리라고 생각한다.

서울에서 농민의 날 행사나 재경 군민회, 송년회 등이 열릴 때면 고향 사람들이 버스를 다섯 대까지 대절하여 올라올 때가 있었다. 한번은 괴산 학생들의 오케스트라 연주회가 세종문화회관 대강당에서 열렸다. 그때도 친구와 함께 피자를 들고 찾아가 격려를 했다. 학생들에게 희망과 용기, 괴산인에 대한 자긍심과 애향심을 심어주고 싶어서였다.

2000년 괴산군 기관장들과 함께 새천년 맞이 타임캡슐을 넣고 있는 모습
(청천 화양동 청소년 야영장)

서울 한복판에 있는 세종문화회관 대강당에서도 연주를 할
수 있다는 것은 대단한 것이다. 시골에 산다 해서 기죽지 말고
"꿈과 희망을 가져라! 무엇이든 다 할 수 있다." 하는 말로 용기
를 북돋아 주었다.

서울에는 괴산 출신 경찰관들이 많은 편이었다. 그러나 모두들
각 분야에서 열심히 일하는 사람들이다. 경찰관 채용이나 승진 관
련 인사 배치 등에 있어 괴산 사람들이 더 많이 발탁되고 선배나

상급부서에 있는 사람들은 후배들을 위해 세심하게 관심을 갖고 챙겨주고 도와주도록 하였다.

실패자가 극복해야 할 16가지 업무습관

1. 자신이 무엇을 바라고 있는지 모르고 설명도 하지 못한다.

2. 오늘 할 일이 무엇이건 내일로 미룬다.

3. 자기 계발이나 업무에 관심을 기울이지 않는다.

4. 자신의 일이 아니면 회피하고 책임전가를 한다.

5. 문제를 해결할 생각은 없고 변명할 생각만 한다.

6. 자기만족과 도취에 빠져 환상의 나날을 보낸다.

7. 중대한 문제에 직면하여 싸워 보지 않고 타협하는 자세를 취한다.

8. 상대방의 잘못은 지적하면서 자신의 잘못은 인정하지 않는다.

9. 안일하게 하루하루를 보낸다.

10. 작은 장애물에도 쉽게 포기한다.

11. 계획과 문제 분석표를 작성하지 않고 타성에 의존한다.

12. 기발한 아이디어나 기회가 와도 실행하지 않는다.

13. 환상의 꿈만 좇고 실천을 하지 않는다.

14. 노력하는 것보다 일확천금을 꿈꾼다.

15. 나은 미래를 위해 투자하기보다는 지금의 생활에 안주한다.

16. 타인의 시선이나 비난이 두려워 앞에 나서지 않는다.

- 나폴레온 힐

03

사람이 재산이다

나는 35년간 경찰 공무원으로 근무하면서 사회 각계각층의 여러 사람들과 만날 수 있었다. '사람이 재산'이라고 생각하는 나로서는 참으로 감사한 일이 아닐 수 없다. 그들과의 끈끈한 유대관계가 있었기에, 만남이라는 것이 일회성이나 우연이 아닌 평생을 가는 인연으로 맺어질 수 있었다. 지금까지도 폭넓은 인적 자원을 확보하고 있는 것이 나의 자산이라고 생각한다.

사람들과의 관계에 있어서 나는 무엇보다 믿음과 진정성을 생명처럼 여기는 사람이다. 그리고 한번 만나면 끝까지 가는 사람이 되길 원하며 절대로 중간에 흐지부지되는 사람이 아니다.

내가 마음을 다해 진정으로 누군가를 대할 때 인간관계가 형성

된다. 내게 어렵고 힘든 일이 생길 때마다 발 벗고 나서주는 지인들이 많았기에, 나는 정말 행복한 사람인 것이다.

내가 인천에서 근무할 때 아버님이 96세 일기로 돌아가셨다. 고향사람들을 비롯한 많은 조문객이 다녀가셨다.

그 많은 분들이 다녀가셨던 이유는 소중히 여기는 사람의 어려움을 함께 나누고 싶었던 것이다. 그분들의 진심 어린 마음을 새기며 다시 한 번 내가 더 잘해야겠다는 마음을 다짐하게 되었다.

나는 살면서 누군가에게 똑똑하다는 얘기보다는, 진정성 있고 성실하다는 얘기를 더 많이 듣고 싶다. 내가 무척 좋아하는 말 중에 '진국'이란 말이 있다. 거짓이 없이 참된 사람을 일컫는 말이다. 나는 이 말을 더 많이 더 자주 듣고 싶다.

그러기 위해 나와 한번 인연을 맺은 사람들의 애경사에는 빠지지 않고 가려고 노력한다. 만약 부득이하게 빠지게 될 때에는 꼭 자필로 편지를 써서 보내드린다. 그러고 보면 편지야말로 인적 자원을 모으는 데 일등공신이었던 셈이다. 편지에는 말로는 미처 다 전할 수 없는 진심들을 한 자 한 자 꾹꾹 눌러 담을 수 있다. 게다가 일회성이 아니어서 두고두고 그 감정을 느끼게 할 수 있다.

제18회 괴산문학백일장

요즘처럼 자판 몇 개만 눌러도 문자가 전송되는 스마트폰 시대에, 내가 굳이 자필로 편지를 보내드리는 이유는 그것이 나의 마음을 가장 잘 표현하는 것이라고 믿기 때문이다. 또한 내가 당신을 절대 잊지 않고 있다는 성의를 상대에게 보일 수 있는 가장 좋은 수단이기 때문이다.

내 그대를 생각함은

항상 그대가 앉아 있는

배경에서

해가 지고 바람이 부는 일처럼

사소한 일일 것이나

언젠가 그대가 한없이 괴로움 속을

헤매일 때에 오랫동안 전해 오던

그 사소함으로 그대를 불러 보리라.

진실로 진실로

내가 그대를 사랑하는 까닭은

내 나의 사랑을 한없이 잇닿은

그 기다림으로 바꾸어 버린 데 있었다.

밤이 들면서 골짜기엔

눈이 퍼붓기 시작했다.

내 사랑도 어디쯤에선 반드시 그칠 것을 믿는다.

다만 그때 내 기다림의 자세를

생각하는 것뿐이다.

그 동안에 눈이 그치고

꽃이 피어나고

낙엽이 떨어지고

또 눈이 퍼붓고 할 것을 믿는다.

– 황동규 〈즐거운 편지〉

진심을 전하는 편지

2012년 6월 괴산군청 민병구 개발실장이 명예퇴임식을 한다고 연락이 와서 휴가를 내고 친구들과 퇴임식에 참석했다. 동료직원들이 정성으로 마련한 행사였다. 임각수 군수님이 축사를 하시던 중 갑자기 나를 부르시며 퇴임하는 친구를 위해 멀리서 왔으니 덕담을 해달라고 하셨다. 특별히 군수 축사 시간을 내주는 것이라고 하셨다. 갑작스런 일이지만 친구를 위한 덕담을 하였다.

"37년간 공직 생활을 훌륭하게 마치고 떠나는 민병구 실장과 최준환 과장님께 참 잘하셨습니다, 정말로 자랑스럽습니다라는 인사를 드립니다. 퇴임하는 두 분이 머물던 자리는 꽃자리였습니다. 또한 두 분이 그동안 먹어본 밥은 국가에서 주는 국밥이었습니다. 하루도 어김없이 건네주던 봉급, 일하러 갈 때 주는 출장비,

일 잘했다고 주는 성과금 등 많은 혜택을 주었다고 생각합니다. 퇴직 후에는 가시방석에서 찬밥을 먹어야합니다. 하지만 모든 욕심과 미련을 내려놓고 나눔과 배려, 이웃에 대한 관심과 사랑을 가지고 지혜롭게 살아간다면 퇴직 후 친구가 머무는 그 자리는 빛나는 방석이 될 것이며 찬밥은 국밥보다 더 맛이 있을 것입니다. 사랑하는 가족을 위해 청소도 하고 빨래도 하고 밥도 하고 때로는 목욕도 시켜줄 수 있는 마음으로 살아간다면 아름다운 제2의 인생이 펼쳐질 것이라 확신합니다. 여러분께서도 그럴 것이라 믿고 기대하신다면 뜨거운 박수를 보내주십시오."라며 짧은 덕담을 해주었다. 그러나 말보다는 글, 즉 편지는 오래도록 남고 기억되기에 자주 편지를 전하며 그 속에 진심을 전하곤 한다.

2012. 민병구 지역개발 실장, 최준환 민원과장 명예퇴임식에서 축사

祝 古稀

회장님의 제70회 생신을 祝賀드립니다.

회장님께서는 4남매를 낳으시고

사회생활을 훌륭하게 할 수 있도록 터전을 마련하여 주셨습니다.

회장님의 인생의 철학과 삶의 현장이 담겨 있는

많은 글들을 한 권의 책으로 만들어서

펼치는 행사는 한마디로 '칭송'의 자리입니다.

회장님! 경하 드립니다!

앞으로도 더 멋지게 일하십시오.

이제껏 가슴에 두고 있었던 일이 있으시다면

용기를 내어 마음껏 펼치시고 행복함을 누리십시오.

건강하시길 기원하며 다시 한 번 생신을 축하드립니다.

끝으로 이같이 좋은 자리를 준비하여 주신 가족 모두에게

찬사를 보냅니다.

2008. 10. 12 나용찬 올림

OOO 서장님!

며칠 전 장모님께서 세상과 이별하셨다는

슬픈 소식을 받았습니다.

먼저 삼가 故人의 冥福을 빕니다.

지난 세월을 돌아보면 아쉬움도 많으시고

특히 사모님께서 슬픔과 충격을 감당하시기

어려울 것으로 생각됩니다.

이러한 큰일에 찾아뵙고 조문 드렸어야 도리건만

부득이 글로 인사드립니다.

다시 한 번 영원한 생명의 나라에서 왕생극락하시옵기를

기원 드립니다.

2011. 7. 13 나용찬 拜

존경하옵는 ○○○ 교수님께!

그동안 편안하셨습니까?

지난 10일 산수 좋은 양평의 양동에 위치한 C아트 뮤지엄을

찾았을 때 교수님께서 귀한 시간 내어주시고

일일이 안내하여 주심에 감사드립니다.

그곳 3만 평의 자연 속 조각공원은 예수님의 영(靈)과

교수님의 혼(魂)이 깃들어 있음을 느낄 수 있었습니다.

아직도 머릿속에 맴돌고 있는 웅장한 예수님의 얼굴과

포천 화강석으로 단장한 〈심비〉 작품은 예수님을 찬양하고

축복받기에 부족함이 없는 명작이라고 감히 말씀드리고 싶습니다.

조각과 미술에 상식도 없는 저에게 눈을 뜨고 귀가 열리는

계기가 되었으며 가슴 깊이 고마움을 간직하고 있습니다.

오는 24일 받으시는 대한민국예술원 김세중 조각상 수상을

다시 한 번 祝賀드립니다.

시간을 내어 전시회에서 꼭 뵈올 수 있도록 하겠습니다.

2008. 6. 18 나용찬 올림

존경하옵는 ○○○ 원장님!

고맙습니다.

저의 아들 기정이가 원장님께서 지어주신 보약을 먹으며

아주 좋아하고 있습니다.

제가 원장님 덕분에 마치 큰일을 한 것처럼 으쓱 올라갔습니다.

원장님께서는 국민건강을 위해 그리고 지역사회 발전을 위해

늘 봉사하고 계시는데도 저는 도와드리지 못하면서 되려

부담만 드리게 되었나 봅니다.

저와 아들 기정이가 원장님의 고마움을 가슴 깊이 간직하며

이번 시험에 꼭 합격하여 보답코자 합니다.

다시 한 번 원장님께 감사드리며 더 큰 발전을 기원합니다.

2011. 3. 15 나용찬 拜

존경하옵는 金 會長님!

오늘은 무척이나 행복한 날이었습니다.

제가 좋아하는 김 회장님과 사랑하는 직원들과 식정을 나누면서

우리 경찰 조직에 대한 열정을 보여주시고

아낌없는 찬사와 성원에 감동하고 또 감격하였습니다.

직장 내에서 저를 신뢰하고 따라주는 직원들에게

회장님을 자랑스럽게 또 영광스럽게

보여드릴 수 있다는 사실은 저의 값을 높여주신

아주 큰일이었습니다.

요즈음 경기가 어렵고 불안정한 시절에 회장님께서는

탁월하신 경영철학으로 회사를 신바람 나게 일하는 직장으로,

또 고용의 효과를 높여가는 건실한 회사로,

날로 발전한다는 말씀을 듣고 다시 한 번 감동을 받았습니다.

더욱 발전하시고 행복하시길 기원 드립니다.

2009. 3. 12 나용찬 올림

친구 ○○에게

먼저 따님의 결혼을 축하드립니다!

뛰어난 리더십으로 큰 회사를 경영하며

봉사활동을 많이 하고 계신 아버지의 가르침과

어머님의 사랑을 받고 자란 은정 양이

어느덧 성숙하여 시집을 가게 되니 자랑스러우면서도

한편으론 서운하시리라 생각합니다.

특히 딸이 쓰던 방을 들여다보거나 놓고 간 물건을 만져볼 때면,

자신도 모르게 눈물이 나곤 할 것입니다.

하지만 요즈음은 딸을 시집보내는 것이 아니라

사위를 새 식구로 맞아들인다고 합니다.

이같이 좋은 날! 예식에 참석하여

축하인사를 드리고 하객들과 덕담을 나누어야 도리건만

부득이한 사정이 있어 글로 축하의 인사를 드립니다.

다시 한 번 따님의 신혼가정에 건강과 행운과

행복이 가득하길 기원합니다.

함께 소통하기 위하여

누군가 물었다. "당신은 고향 하면 어떤 것이 제일 먼저 떠오르는가?"

마당에 모깃불 피워 놓고 멍석 위에 둘러 앉아 올갱이 빼먹으며 도란도란 이야기하다가 엄마가 건네준 감자, 옥수수 나누어 먹으며 밤하늘에 별을 세던 그시절, 그곳이 바로 나의 고향일 것이다.

계절마다 바뀌는 농사에 관한 일들이 떠오른다. 지금쯤은 모내기를 할 텐데… 지금쯤은 담배를 딸 텐데… 지금쯤은 고추를 수확할 텐데… 지금쯤은 벼 타작을 할 텐데…. 사시사철 비가 오든 가뭄이 들든 고향을 생각하면 늘 걱정이 앞선다.

특히 부모님이 살아계셨을 때는 더했다. 연세가 많으신데 농사

거리는 줄지 않으니, 혹시라도 너무 무리하시는 건 아닌지, 늘 노심초사할 수밖에 없었다. 비가 와도 걱정, 바람이 불어도 걱정, 눈이 와도 걱정…. 그때그때마다 걱정을 달고 산 것이다. 그래서 나는 쩜만 생기면 시골집에서 부모님과 함께 하였다.

35년간 공직생활을 하는 동안 여름휴가만큼은 꼭 고향에 내려와서 보냈다. 정말 단 한 해도 거르지 않았다. 강원도를 가게 돼도 2박3일 후에는 고향으로 다시 돌아와서 나머지 휴가를 보낼 정도였다. 물론 고향 집에서 내내 휴가를 보내는 경우가 더 많았다. 남들은 뭐 그렇게까지 하냐고 하지만, 나는 그것이 도리라고 생각했다. 고향에는 부모님이 계셨고, 아이들에게도 할아버지 할머니한테 인사드리는 당연한 일이라고 가르쳐 주고 싶었고, 얼굴을 자주 봄으로써 친밀도도 높여주고 싶었다.

사실 여름휴가는 내게 있어 휴가 아닌 농촌일손돕기 행사였다. 그동안 농사 일을 못 도와드린 것이 늘 마음에 걸렸기 때문에, 편히 쉴 수도 없었다. 풀베기를 한다든지 밭에 가서 고추나 오이를 딴다든지, 내가 도울 수 있는 일은 너무도 많이 있었다.

직장 동료들은 이런 나를 보고 고향 사랑이 유별나다고 하지만, 내게는 그럴 수밖에 없는 몇 가지 이유가 있었다.

서울로 처음 올라와서 생활하면서부터 내게는 꿈이 하나 생겼다. 어디를 가든 좋은 것들을 보면 내 고향 괴산에 옮겨놓고 싶다는 생각이었다. 어머님 아버님이 사시는 곳이며, 내가 태어나 살았던 내 고향 괴산이 나를 성장시켜 주었기 때문이라고 생각한다.

내게는 35년의 공직생활을 하며 중앙부처에서 펼쳐 놓은 많은 인맥과 대학원 석·박사 과정을 통해 넓혀 놓은 인맥이 중앙부처 골고루 있기 때문에, 그분들과 함께 괴산의 발전을 도모해 보고

싶다는 결심을 하게 된 것이다. 즉 그동안 내가 배우고 익히는 학
업의 현장에서 맺은 인연. 인사업무를 수행하면서 관련부처와
끈끈하게 맺은 인간관계는 내가 보유하고 있는 가장 큰 자산일
것이다.

나는 지금 이 순간에도 이웃과 함께, 많은 주민들과 함께 '소통'
하면서 그동안 꿈꾸어 왔던 간절한 소망을 차근차근 이루기 위해
군민이 원하는 것은 무엇인지, 잘사는 농촌, 신바람 나는 괴산을

만들고 오늘보다 더 좋은 내일을 위해 내가 해야 할 일은 무엇인지, 몸으로 느끼고 발로 뛰며 실천하고 있다.

06

문화공간, 작은 한 걸음

한운사 기념관

2013. 6. 14일 괴산 청안 출신 고故 한운사 선생님의 기념관이 청안면 읍내리에 건립되었다. 개관식에는 극작가 신봉승, 김수현, 국민배우 송재호 선생 등 방송계, 학계에서 크게 활약하고 계신 많은 분들이 참석하였다.

고故 한운사 선생님은 생전에 김경식 시인, 윤승진 변호사, 최창환 장수돌침대 사장, 김기문 중소기업중앙회장, 최석주 하나투어 사장, 그림을 전공한 괴산의 후배들과 소주잔을 기울이며 우리 후배들에게 많은 이야기를 들려주셨다. 특히 선생님은 나에게 대

히트작인 〈빨간 마후라〉, 〈아낌없이 주련다〉, 〈남과 북〉, 〈현해
탄은 알고 있다〉 등등의 시나리오를 쓰게 된 배경과 영화로 나온
과정에 대하여 말씀을 재미있게 들려주곤 하셨다. 그때 캠코더로
찍은 동영상을 다시보며 자랑스런 괴산인임을 가슴에 새긴다.

한운사 선생님 기념관 개관 −김수현 작가와 함께

국제보훈워크숍

2013년 9월 5일. 정전 60주년 기념행사로 2013 국제보훈워크숍이 국회 헌정기념관에서 열렸다. 국회의원, 국내 보훈정책 담당자와 대학교수, 미국, 독일, 호주, 캐나다, 뉴질랜드 등 외국에서 온 정책담당자를 포함하여 약 500여 명이 참석하였으며 국가별 보훈 정책발전방안에 대한 정보를 교류하는 뜻깊은 자리였다. 유영옥 교수의 사회로 진행된 국제보훈워크숍에서 나는 토론자로 나가 "현재 우리나라는 산업화도 이루었고 민주화도 이루었다. 이제는 국가를 위해 몸 바치신 분들을 위한 보훈정책을 획기적으로 개선하여 애국심을 더 높여야 한다."라고 주장하며 보훈정책의 새로운 방향을 제시하였다.

국회에서 개최한 2013 국제보훈 워크숍

대한민국호국특별대상 수상

2014년 10월 4일, 서울 여의도에 있는 국회 헌정기념관에서 제2회 대한민국 호국대상 시상식이 열렸다. 그 자리에서 임각수 괴산군수님은 호국특별상을 수상하였고 나는 호국특별대상을 수상하였다.

임각수 군수님은 지역발전에 도움을 줄 수 있는 국립 괴산호국원을 부단한 노력 끝에 유치한 공로로 수상하였으며, 나는 한국보훈학회 총무이사로 활동하면서 "박근혜 정부의 보훈정책 방향 어디로 갈 것인가?" "생애주기별 나라사랑교육 실천방안" 등 국가보훈 정책에 대한 학술세미나를 개최하고 연간 4회씩 '논총'을 발행하여 국가보훈정책 발전방안 제시와 명예로운 보훈의식 함양을 위해 기여한 공로를 인정받아 수상하게 되었다.

이날 시상식은 대한민국이 당당한 선진국으로 나아가기 위하여 법과 원칙, 정의를 실현하는 육해공 군인과 경찰, 소방, 공무원, 문학인, 일반인 등 사회선도계층의 다양한 분야에서 많은 공적을 쌓은 분들을 선발하여 시상하는 행사였다.

국회헌정기념관 대한민국호국특별대상 수상식

이날 시상식에는 괴산의 주요단체장 등 40여 명이 참석하였으며 2015 괴산 세계유기농산업엑스포 개최에 대한 홍보를 실시하는 등 국회에서 괴산인을 위한 축제가 열린 날 같았으며 다시 한번 괴산인으로서의 자긍을 깨닫는 뜻깊은 자리였다.

감물면 감자축제

2013. 6. 15. 토요일, 감물면에서 감자축제가 열렸다.

바로 그 다음 날(6.16)에 감자를 캐는데 요즘 일손이 부족하다는 선배님의 이야기를 듣고, 지인들과 함께 감자캐는 일을 도왔다.

감자축제

감자 캐기는 경운기가 하고 감자를 선별해서 포장하는 일을 하였다. 날씨가 무척 더워 땀을 많이 흘렸지만, 수확의 기쁨은 크고 좋았다.

한편으로는 아쉬웠던 점도 있었다. 젊은 사람과 함께하는 농촌, 일한만큼 보상받는 농촌이 되어야 하는데 시골에 농사짓는 분들은 나이가 점점 많아져 일하시기 힘들고 일꾼 구하기가 힘들다고 하였다. 농촌인력 확보가 가장 큰 문제이며 안정된 가격으로 농산물을 판매하여야 할 것이다.

괴산시골절임배추

2013년 11월 10일 이동필 농림식품부 장관님이 괴산군 장연면 절임배추 농가를 방문하셨다. 농림식품부에 국장으로 근무하고 있는 대학동문이 전화를 주었다. 장관님께 현실적인 이야기를 해 드렸으면 좋겠다는 전화였다. 장관님을 만나 뵈었다. 이 자리에 서 나는 장관님에게 괴산에는 명품감자와 대학잘옥수수, 청결고추, 인삼, 수박 등 채소원예, 사과, 곶감, 소·돼지·닭 등 축산업에 이르기까지 농민들의 열정이 대단하다는 이야기를 해 드렸다. 특히 전국에서 제일 먼저 시작한 괴산시골절임배추를 설명하면서,

이동필 농림축산식품부 장관 절임배추 농가방문 현장에서

도시의 주부들에게 편리하고 맛있는 절임배추를 제공하며 김장의 문화를 바꾸어 놓았다는 이야기를 하였다. 그리고 절임배추의 농자재 값과 인건비가 많이 오르고 배추작황이 좋지 않아 가격 인상이 불가피함에도 소비자들의 가계비 부담을 덜고 괴산 홍보를 위해 절임배추 값을 전년도와 같은 값으로 동결하였다고 말씀드렸다.

11월 한달동안 절임배추일을 하고 난 농민들은 병원에 다니며 허리, 관절 등 치료를 한동안 받아야 할 정도다. 나는·이 자리에서 이동필 장관님께 "언론에서 배추작황을 보도할 때 어려운 농민들

이동필 장관, 경대수 국회의원 불정농협 운영현장 방문

의 실상을 함께 보도하도록 정부에서 협조해 주었으면 좋겠습니다."라고 주문하였다. 이에 장관님도 공감하며 대학찰옥수수 시식을 하고 가셨다.

다음 일정으로 이동필 장관님, 경대수 국회의원님과 함께 불정농협으로 이동하였다. 불정농협 남무현 조합장님에게 콩 수확 기계화 실태와 수확한 콩 분류 및 저장시설, 감자수매 저장현황에 대한 설명을 들으며 농민을 위한 농협 운영현장을 돌아보았다.

어느덧 점심때가 되었다. 손두부와 막걸리를 곁들여 두부찌개로 점심식사를 한 후, 흙 살림연구소에 들러 이태근 회장님의 종자 보관 및 연구재배에 대한 설명을 듣고 난 후 생태연구 현장을 돌아 보았다. 농촌의 실상과 종자보존과 개량, 유기농산업 대해 많은 것을 느끼며 배울 수 있었다.

괴산의 농촌실태를 돌아보고 떠나시는 이동필 장관은 나에게 "참 좋은 곳에서 태어나셨습니다. 농민들의 어려움을 덜어주는데 앞장서주세요."라는 말씀을 남기고 차에 오르셨다.

이동필 농림식품부장관이 괴산을 떠나며

나는 어느 편에 설 것인가

나용찬

이른 아침 집을 나선다.

출근길에 지나는 남부시장이다.

60여 상점이 들어선 오래된 전통시장이다.

"빵"이라고 간판 붙인 빵집이 제일 먼저 문을 연다.

이른 새벽 빵 굽는 구수한 냄새가 입안에 군 침을 돌게 한다.

콩나물, 두부를 파는 야채가게 아저씨가 철문 소리를 내며 문을 연다.

오토바이에 싣고 온 야채를 풀고 손님맞이 준비를 한다.

뒤이어 해장국집 아줌마, 슈퍼마켓 아저씨가 가게 문을 연다.

새벽형 인생 삶의 현장이다.

부지런하고

한결같이 친절하다.

어려운 사람 돕는 일에 제일 먼저 나선다.

힘들고 어려운 일이 있어도

그들은 늘 행복하다고 말한다.

나는 배워야 한다.

더 배워야 한다.

열심히 살아가는 새벽시장, 그 삶의 현장을….

일을 많이 하고, 부지런한 사람이

봉사도 많이 한다.

나는 어느 편에 설 것인가…

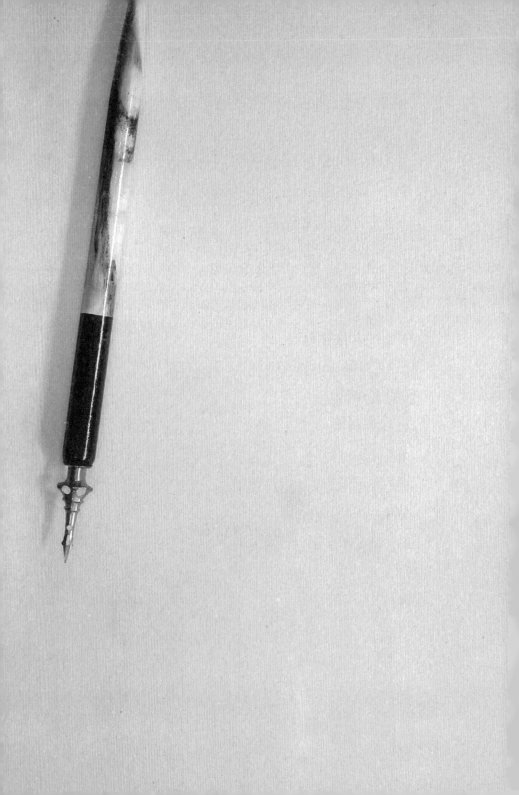

긍정바이러스

01

폭풍을 기적으로 바꾼 긍정의 힘

　일본 아오리현에 태풍이 불어닥쳤다. 몇 년 만에 불어닥친 초강력 태풍이 아오리현의 모든 것을 거의 쓸어가다시피 하였다. 어찌나 강력했는지 인명 피해는 물론이고 재산 피해도 심각했다. 특히 심각한 피해를 입은 것은 바로 아오리현의 사과였다. 지역 특산물로 지역 경제에 중요한 역할을 하고 있는 사과가 태풍으로 인해 대부분 떨어졌을뿐더러 많이 상하고 만 것이다. 농장에서는 사과를 수확하는 일이 어려워졌다.

　태풍이 지나간 후 아오리현 지역 경제는 무너질 지경에 이르렀다. 한 해의 사과 농사를 모두 망쳤다. 그나마 수확한 사과는 전체의 10% 정도에 불과했다. 절망적인 상황이었다. 그런데 한 농부의 기지로 인하여 아오리현은 기사회생했다. 오히려 예전보다 더욱 높은 인지도와 경제력을 회복했다.

이유가 무엇이었을까? 그들은 태풍으로 인해 벌어진 절망적인 상황을 바라보지 않았다. 오히려 남아 있는 것들을 바라보기 시작했다. 10% 수확량에 불과한 남은 사과에 집중하기 시작한 것이다.

수확한 사과는 '합격 사과'로 변신했다. 사과에는 부제로 '태풍에도 절대 떨어지지 않는 사과'라고 이름을 붙였다. 이윤을 맞추기 위해 원래의 가격보다 10배나 비싸게 파는 모험을 했지만, 이게 웬일인가? 합격 사과는 기존 아오리현에서 사과가 팔리는 것보다 더 빠른 속도로 팔렸다. 심지어 사과를 구하지 못한 사람들이 사과를 10배보다 더 높은 가격에 거래하기도 하는 상황이 벌어졌다. 결국 10% 남았던 사과는 아오리현의 모든 수익을 다 충당해주었고 일본 일대에 아오리현 사과의 높은 지명도를 남기는 긍정의 힘을 보여주었다.

긍정의 사전적 의미는 '어떤 상황에서도 가장 희망적인 생각과 말 행동을 하도록 마음을 품는 것'이다. 이 말은 곧 자기 자신의 선택에 의해 충분히 긍정할 수 있다는 것을 말한다.

사실 모든 것은 선택에 달려 있다. 긍정을 선택한 자는 긍정하게 되고, 부정을 선택한 자는 부정하게 된다. 그리고 놀랍게도 긍정을 선택한 자에게 성공과 행복이 몰려오게 되어 있다. 왜일까? 어떤 상황에서든지 긍정하는 것에는 놀라운 힘이 있기 때문이다. 고난의 때에 힘들다 어렵다 불평만 하다 보면 상황은 바뀌지 않는다. 10%의 사과만 남은 아오리현의 사람들이 어쩔 수 없다. 그냥 살아야 한다. 이렇게 불평불만만 가지고 살았다면 10%의 사과를 제값에 팔았을 것이고 아오리현의 사람들은 그해 무척 어렵고 가난한 삶을 살아야만 했을 것이다. 반면에 긍정의 힘을 바라보니 놀라운 일이 생겼다.

오늘날 많은 사람들이 시들어가고 있다. 급변하는 현대 사회에 적응하려다 보니 사람들은 점점 지치고 힘들어한다. 그러나 절망적인 상황에 눈을 돌리지 않아야 한다. 어떠한 상황에서도 자신에게 있는 좋은 부분을 바라보는 마음의 창을 열어야 한다.

인도 우화 중에 이런 이야기가 있다. 평소 고양이를 너무 두려워하는 쥐가 있었다. 그 쥐가 가여웠던 신이 쥐를 고양이로 만들어 주었다. 고양이가 된 쥐는 뛸 듯이 기뻤으나 이내 고양이를 위협하는 개가 두려웠다. 신은 다시 쥐를 개로 만들어 주었으나, 이젠 호랑이가 무서워졌다. 다시 호랑이로 변하게 된 쥐는 호랑이를 사냥하는 사냥꾼이 두려워졌다. 사냥꾼을 두려워하는 쥐를 본 신은 이렇게 대답했다.

"너는 다시 쥐가 되어라. 내가 너를 무엇으로 만들어 줘도 너는 쥐의 마음을 갖고 있으니 나도 어쩔 수 없다."

이 쥐가 마음의 창을 열어 좋은 부분을 바라보았다면 고양이, 개, 호랑이로 변하지 않고 원래 쥐로서 살았어도 충분히 행복한 인생을 살 수 있었을 것이다.

사람들도 마찬가지이다. 마음가짐을 바꾸지 못하면서 결과만 바꾸려고 한다. 마음가짐을 먼저 긍정으로 바꾸어야 한다. 그렇지 않다면 1억을 벌어도, 10억을 벌어도 마음속엔 여전히 채우지 못할 허전함이 존재할 것이고, 행복하지 못하는 마음이 있을 것이다. 반면에 긍정한다면 정말 가난해도 그 상황에서 어떻게든 행복해지는 법을 찾고자 노력하게 될 것이다. 그리고 마침내 행복을 찾게 될 것이다.

스스로 생각을 바꾸어 긍정의 창을 열면 꿈을 이룰 수 있고 결국 인생을 변화시킬 수 있다. 우리의 뇌는 진짜와 가짜를 구분하지 못한다고 한다. 『뇌내혁명』을 지은 하루야마 시게오는 "우리 뇌는 어떻게 생각하느냐에 따라 달라진다."고 주장했다. 마이너스 발상을 하면 뇌도 그렇게 작용하여 부정적인 호르몬을 분비하지만 플러스 발상, 즉 긍정적인 생각을 하면 베타 엔도르핀이란 것이 분비되어 사람을 젊고 건강하게 만든다는 것이다.

실제로 연구결과에 따르면 가짜 웃음도 엔도르핀을 발생시키는 효과가 있다고 한다. 기쁘지 않다고 하더라도 억지로 얼굴근육을 움직여서 웃음을 지으면 뇌가 우리가 웃고 있다고 착각을 하여서 암을 없애는 세포와 엔도르핀을 생성하게 된다는 것이다.

지금은 이러한 긍정적 생각이 필요한 때다. 시들어가는 영혼을 일으켜 세울 강력한 무기는 바로 긍정 바이러스이다. 긍정 바이러스는 한번 침투하면 절대 세력이 약해지지 않고, 생각을 변화시키고 꿈을 이루게 하여 인생을 찬란하게 이끌어 줄 것이다. 또한 바이러스가 지닌 특징인 폭발적 전염력이 더해져 시들어가는 세상을 밝힐 수 있다.

아기 때를 생각해 보자. 우리는 본래 긍정적인 존재였다. 아무

것도 아닌 일에 웃었고 어떠한 상황에서도 희망을 잃지 않았으며 언제나 꿈꾸었다. 이제 그 본성을 되돌릴 시간이 되었다. 당신은 그저 긍정 바이러스 버스에 올라타기만 하면 된다.

02
세상에서 가장 중요한 나

세상에서 가장 멋있는 사람을 한 자로 줄이면 --〉 '나'

세상에서 가장 훌륭한 사람을 두 자로 줄이면 --〉 '또 나'

세상에서 가장 멋진 사람을 세 자로 줄이면 --〉 '역시 나'

이번엔 네 자로 줄이면 --〉 '그래도 나'

다섯 글자로 줄이면 --〉 '다시 봐도 나'

자, 이번엔 글자 수를 늘여 아홉 자로 줄이면 --〉 '요리 보고 조리 봐도 나'

언제 들어도 기분 좋아지고 나의 자존감을 높이는 유머란 생각에 이 말을 자주 애용하곤 한다.

우리는 너무 자기 자신을 높이지 않는다. 그런데 자기를 존중하는 것은 교만이 아니다. 진정으로 겸손한 사람은 자신에 대한 존중이 있는 사람이다. 우선 자신을 소중히 여길 수 있는 사람이 다른 사람을 소중히 여길 수 있기 때문이다. 생각해 보라. 자신은 한심하다고 여기고, 자신은 아무것도 할 수 없다고 여기는 존재가 다른 사람에 대해서는 저 사람은 아주 훌륭한 사람이다. 저 사람은 아주 멋진 사람이다. 라고 해봤자 스스로 위축될 뿐이고, 진정으로 그 사람을 돕고자 하는 마음이 생기지 않을 것은 분명하다.

슈바이처 박사가 아프리카에서 돌아올 때 사람들의 예상을 깨고 기차의 3등 칸에서 내렸다. 그러면서 하는 말이 '이 기차는 4등 칸이 없어서 3등 칸을 타고 왔습니다.'라고 이야기했다. 그러나 이것은 자신을 무시한 것이 아니다. 자신에 대한 존중감이 있었기에 겸손하면서도 당당하게 3등 칸에 탄 것이다. 나를 힘차고 당당하게 만들려면 우선 자신을 사랑스럽게 바라볼 줄 아는 따뜻한 시선이 필요하다.

맹구부목盲龜浮木이란 말과 관련된 재밌는 이야기가 있다. 가도 가도 끝이 없는 망망대해에 한쪽 눈이 먼 거북 한 마리가 살고 있었다. 거북은 백만 년에 한번 숨을 쉬러 잠깐 바다 표면에 떠올랐다가 다시 바다 속으로 가라앉는다. 바다 위로 올라와 숨을 쉬기 위해서는 도구가 필요한데, 다행히 망망대해 위에 한 조각의 나무 판자가 있고 그 판자엔 조그마한 구멍이 뚫려 있었다. 거북은 그 나무 조각을 만나야만 숨을 쉴 수 있는 것이다.

이 거북이 백만 년 만에 수면 위로 올라오는 일도 힘든데 그 망망대해 이리저리 휩쓸려 떠도는 구멍 뚫린 나무 조각을 만나는 일은 얼마나 더 힘이 들까? 이 이야기는 우리가 이 세상에 태어나는 것이 백만 년 만에 바다 위로 올라와 나무 조각과 만나는 것과 같이 어려운 일이라는 것을 말해준다. 우리네 인생이 그러하다. 어려운 인연의 끈을 쥐어 잡고 나온 만큼 귀하다. 그런데도 우리는 자신을 냉대한다.

영어에서 나를 'I'라고 표현한다. 약속이라도 한 듯 숫자 1과 비슷하다. 1one = I(나). 나는 이 세상에서 유일한 존재이다. 언제나 나는 대문자 'I'로 표현되는 특별하고 주체적인 존재인 것이다.

『모리와 함께한 화요일』의 저자 모리 슈워츠 교수 역시 인생의 마지막 길에서 많은 이들에게 이러한 메시지를 남겼다.

"자신을 사랑하는 사람, 자신을 동정할 줄 아는 사람, 자신에게 친절한 사람이 되십시오. 자신을 진실로 아는 자는 진실로 자신을 귀하게 여기며 자신에 대한 귀한 존경심을 통하여 타인을 자기처럼 귀하게 여기는 방법을 배우게 됩니다. 즉 자신을 사랑함에서부터 시작하여 타인을 사랑하게 됩니다."

바로 지금 이 순간, 자신을 사랑할 만한 이유를 찾아내야 한다. 고민할 필요가 무엇이 있는가? 이미 나는 맹구부목의 힘들고 고된 인연의 끝을 붙잡고 태어난 유일무이한 존재란 사실만으로도 소중하고 귀하다. 또한 세상 누구보다 자기 자신에 대해 가장 잘 알고 있으니 얼마나 위대한가. 스스로에 대해 부족하다 생각이 들 땐 나를 높이는 유머를 계속 써 나가도록 하자. 세상에서 가장 위대하고 멋진 사람을 일곱 자로 줄이면? 여덟 자로 줄이면? 아마 그토록 자신을 높이는 수식어가 많다는 사실에 놀라게 될 것이다.

절망 끝에서 만난 꿈

요즘 오디션 열풍이 한창이다. TV 어느 채널을 틀어도 여러 명의 지원자들이 우르르 나와 심사위원 앞에서 제각각 재능을 펼치고 있다. 그 수많은 지원자들이 어디서 왔을까 싶게 오디션장마다 북새통을 이루며 노래면 노래, 춤이면 춤, 연기에 이르기까지 절박한 심정을 표현한다. 그 모습들을 보고 있자니 대부분 지원자들과 비슷한 또래의 자식을 키우고 있는 아버지로서 대견한 마음과 안쓰러운 마음이 공존한다.

특히나 지금의 오디션 프로그램은 그들의 단편적 재능만 확인하지 않는다. 21세기가 스토리텔링의 시대라서 그런지 지원자들의 사연이 함께 알려지기 때문에 구구절절한 라이프 스토리와 재능 등이 합쳐져 감동과 능력을 함께 보여준다.

그러던 어느 날, 우연히 〈코리아 갓 탤런트〉라는 프로그램을 보게 되었다. 영국의 오디션 프로그램인 〈브리튼스 갓 탤런트〉의 한국판 오디션 프로그램이었던 이곳엔 노래 깨나 한다는 노래꾼, 춤꾼 등 미래의 엔터테이너들이 모여들었다. 아주 어린 친구들부터 노익장을 과시하는 이들까지 다양한 연령층의 오디션이 벌어지는 가운데 유난히 눈에 띄는 청년이 있었다.

지금은 미국 CNN에 소개되고 유튜브 동영상을 통해서도 전 세계적으로 알려진 최성봉 군이었다. 처음 프로그램에 나온 그의 모습은 앳된 청년이었다. 크지 않은 키에 평범한 외모의 그는 소개되는 나이로 보자니 대학생 정도였다. 긴장하고 쭈뼛거리는 모습에 미소가 나오기도 했지만 그 뒤 심사위원과의 이야기를 통해 알게 된 그의 이야기는 충격적이었다. 무슨 일을 하냐는 질문에 '막노동'이라고 답한 그는 과거사를 담담히 털어놓았다.

세 살 때 부모로부터 버림을 받고 고아원으로 가게 된 그는 다섯 살 되던 해 집단 구타 등에 시달리다가 견디지 못하고 차가운 세상으로 나왔다. 다섯 살, 한창 부모의 사랑과 보호 속에 자라야 할 어린 최성봉 군은 거리를 전전하며 노숙을 시작했다고 한다. 구걸을 하기도 하고 공원이나 공중 화장실 등을 잠자리 삼아 살다가 조금 컸을 때는 껌팔이를 하며 거리에서의 생활을 이어갔다. 학교라는 것은 문전에도 가보지 못했고 훗날 초등, 중등 검정고시로 공부를 했으며 학교라는 곳은 고등학교가 처음이었다고 한다.

그는 어떻게 노래와 만나게 되었을까. 십 수 년 동안 거리를 전전하며, 막노동을 전전하며 살던 그가 어느 날 클럽에서 노래하던 성악가를 보았다고 한다. 어수선한 분위기에서도 아름다운 노래를 최선을 다해 부르는 모습에서 큰 위로가 찾아왔다.

'아…. 나도 저렇게 노래 부르고 싶다.'

절망적인 상황에서도 노래에 대한 꿈은 최성봉 군을 빛나가지 않게 붙잡아주었다. 그는 한 번도 노래를 배운 적이 없고 특히 성악이란 전문적인 분야는 더더욱 몰랐지만 그냥 부딪혀보기로 했다. 어렵게 들어간 대전예고에서도 새벽까지 일을 하여 돈을 벌어 학교를 다녔다. 개인 레슨을 할 형편이 되지 못했던 그는 무료로 하는 마스터 클래스에는 무조건 찾아가 기웃거리며 강의를 들었고, 음반을 사서 듣고 따라 부르는 등 거의 독학으로 노래를 불렀다고 한다.

짧은 시간이었지만 그가 살아온 이야기를 하는 동안 심사위원과 방청객, 시청자들에게 진한 감동이 전해져 왔다.

"저는 지금까지 너무 절망적으로 살았어요. 세상에 저 혼자 있다는 생각 속에 살았지만 노래는 그런 생각을 잊게 해 주었습니다. 성악은 한줄기 희망이었습니다. 그래서 그 고마운 노래를 부르고자 이 자리에 섰습니다."

드디어 반주가 시작되었다. 나 역시 그가 어떤 곡을 부를지 사뭇 기대가 되었다. 아름다운 반주가 흐르고 드디어 최성봉 군의 노래가 들렸다.

꿈을 향한 청년의 아름다운 도전이 없었다면 모두의 공감대를 얻어 내지 못했을 것이다. 우리는 절망이란 어두컴컴한 과거를 뚫고 희망이란 빛을 잡은 이들에게 긍정의 에너지를 느낀다. 최성봉 군은 누구보다 불우하고 절망적이었던 과거의 늪에 빠져 있지 않았다. 노래라는 희망의 꿈을 잡고 긍정적인 인생을 선택했다. 그 용감한 선택에 모두가 박수를 쳐준 것이다.

절망적인 순간은 누구에게나 언제나 찾아온다. 그러나 그것을 버티지 못하고 주저앉으면 더 이상의 기회는 오지 않을지도 모른다. 최성봉 군은 희망이 찾아올 것 같지 않은 절망적인 순간을 어린나이에 겪었지만 꿈이라는 긍정 에너지를 붙잡았기에 헤쳐 나올 수 있었다. 우리도 마찬가지다. 아무리 힘들고 위기의 순간이 와도 자신을 일어설 수 있게 만드는 꿈을 붙잡아야 한다. 절망과 함께 꿈마저 잃어버리면 안 된다.

'나에겐 이런 꿈이 있다. 이 꿈이 나를 이끌 것이다.'라는 마음을 가질 때, 자신도 모르는 사이 꿈이 자신을 이끌어 가고 있다는 사실을 깨닫게 될 것이다.

04

당신은 혼자가 아니에요

다음은 서울시 글짓기 대회에서 1등을 차지한 초등학교 3학년 아이가 쓴 글이다.

사랑하는 예수님 안녕하세요, 저는 구로동에 사는 ○○이에요.

우리는 벌집에 살아요. 벌집이 무엇인지 예수님 잘 아시지요?

한 울타리에 55가구가 사는데요, 방문에 1, 2, 3…. 번호가 쓰여 있고 우리집은 32호에요.

화장실은 동네 공중변소를 쓰는데 아침엔 줄을 길게 서서 차례를 기다려야 해요.

줄을 설 때마다 21호에 사는 순희 보는 게 부끄러워 참았다가 학교

화장실에 가기도 해요.

우리 식구는 외할머니와 엄마, 여동생이랑 4식구가 살아요.

우리 방은 할머니 말씀대로 라면박스만 해서 4식구가 다 같이 잠을 잘 수가 없어요.

그래서 엄마는 구로2동에 있는 술집에서 주무시고 새벽에 오셔요.

할머니는 운이 좋아야 한 달에 두 번 정도 취로사업장에 가서 일을 하시고 있어요.

아빠는 청송 교도소에 계시는데 엄마는 우리 보고 죽었다고 말해요.

예수님 우리는 참 가난해요.

엄마는 술을 많이 먹어서 간이 나쁘다는데도 매일 술 취해서 엉엉 우시고

우리 보고 "이 애물단지야 왜 태어났니. 같이 죽어버리자." 하실 때가 많아요.

지난 부활절날 제가 이런 엄마 때문에 회개하면서 운 것 예수님도 보셨죠.

저는 예수님이 제 죄 때문에 돌아가셨다는 말을 정말 이해 못했거든요.

그런데 그날은 제가 죄인인 것을 알았어요.

친구들이 우리 엄마 보고 술집 작부라고 하는 말을 듣는 것이 죽기보다 싫었구요.

매일 술 먹고 주정하면서 다 같이 죽자고 하던 엄마가 얼마나 미웠는지 아시죠.

지난 부활절날 제가 '엄마 미워했던 거 용서해주세요.'라고 기도했는데

예수님께서 십자가에서 'OO야 내가 너를 용서한다.'라고 말씀하시는 것 같아

저는 그만 와락 울음을 터트리고 말았어요.

그날 찐 계란 두 개를 갖고 와서 할머니와 어머니께 드리며 처음으로 전도를 했어요.

몸이 아파 누워 계시던 엄마는 화를 내시며 "흥, 구원만 받아서 사냐" 하시면서

"집 주인이 전세금 50만 원에 월세 3만 원 더 올려달라고 하는데 예수님이 구원 말고 50만 원 주시면 내가 예수를 믿지 말라고 해도 믿겠다." 하시는 거예요.

저는 엄마가 예수님을 믿겠다는 말이 신이 나서 기도한 거 예수님도 아시지요?

근데 마침 어린이날 기념 글짓기 대회가 있다면서 담임 선생님이 저를 뽑아서 보내셨어요.

저는 청송에 계신 아버지와 서초동에서 꽃가게를 하며 행복하게 살던 때를 그리워하며

지금의 이야기를 썼거든요.

예수님 그날 제가 1등상을 타고 얼마나 기뻤는지 아시지요?

그날 엄마는 몸이 너무 아파서 술도 못 드시고 울지도 못하셨어요.

그런데 그날 저녁 뜻밖의 손님이 찾아 오셨어요.

글짓기 심사위원장을 맡으신 할아버지 동화작가 선생님이 저희 집을 오신 거예요.

할머니는 대접할 게 없다고 구멍가게에 가셔서 사이다 한 병을 사 오셨어요.

할아버지는 엄마에게 똑똑한 아들을 두었으니 힘내라고 위로해 주셨어요.

엄마는 눈물만 줄줄 흘리셨어요.

할아버지는 자신이 지으신 동화책 다섯 권을 놓고 돌아가셨어요.

저는 밤늦게까지 책을 읽다가 깜짝 놀랐어요.

책갈피에서 흰 봉투 하나가 떨어지는 게 아니겠어요.

펴보니 생전 처음 보는 수표가 아니겠어요.

엄마는 깜짝 놀라시며 '세상에 이렇게 고마운 분이 계시다니…'

눈물을 흘리셨어요.

마음속으로 '할아버지께서 가져오셨지만 사실은 예수님께서 주신

거예요.' 말했는데

엄마도 내 마음을 아셨는지

"얘야, 예수님이 구원만 주신 것이 아니라 50만 원도 주셨구나." 하

며 우셨어요.

너무나 신기한 일이 주일날 또 벌어졌어요.

엄마가 교회에 가겠다고 화장을 엷게 하고 나선 것이에요.

예배에 가신 엄마는 얼마나 우셨는지 두 눈이 솔방울 만해 가지고

집에 오셨더라구요.

"할아버지한테 빨리 편지 써. 엄마가 죽지 않고 열심히 벌어서 꼭 갚

는다고."

저는 엄마가 저렇게 변하신 것이 참으로 신기하고 감사했어요.

고마우신 예수님 참 좋으신 예수님 감사합니다.

제가 어른이 될 때까지 동화 할아버지께서 건강하게 사시도록 예수

님이 돌봐주세요.

이것만은 꼭 약속해 주세요.

예수님, 이 세상에서 최고로 예수님을 사랑합니다.

초등학교 3학년. 갓 열 살로 접어든 어린 아이의 글이라곤 믿기지 않을 정도로 아릿하고도 진한 감동이 온다.

벌집에 살면서 교도소에 간 아빠와 술집에 다니는 엄마, 그마저도 언제 쫓겨날지 모르는 절망적인 상황에 노출되어 있는 어린아이지만 이 아이는 희망을 잃지 않았다. 자신이 믿는 예수님을 통해 희망을 붙잡았고 그러한 믿음은 좋은 사람을 만나게 해 주었다. 작은 기적을 통해 이 아이의 삶은 긍정으로 돌아섰다. 아이 뿐아니라 그토록 바꾸고 싶던 주변의 가족들도 긍정의 에너지가 전파된 것이다.

아이는 이 일련의 기적을 통해 결코 세상은 혼자가 아니라는 사실을 체험했다. 술에 취해 절망적인 삶에 허우적대던 엄마는 더욱 그러했을 것이다. 엄마를 위해 기도해 주는 아들이 있음에, 또 그 아들로 인해 돌아온 도움의 손길에, 모든 환경을 바꾸어 주는 보이지 않는 손이 있음에 희망을 찾은 것이다.

사회가 급변하면서 인간적인 면도 많이 퇴색되었다고 느낄지 모른다. 사람들은 종종 인색해졌다고, 자기밖에 모른다고 말한다. 하지만 결정적인 순간이 되면 사람만이 희망이라고 말하며 결국 사람이 만들어가는 이 사회에 희망의 불씨를 지핀다. 왜 그럴까. 아무리 사회가 치열하다 해도 우리가 사는 사회는 사람과 사람이 기대어 만들어 나간다는 사실은 부인할 수 없다. 사람 人의 한자가 증명하고 있지 않나.

절망의 순간이 왔을 때 사람들이 좌절하는 것은 혼자라는 고독감 때문이다. 그러나 조금만 시선을 돌리면 혼자가 아님을 알 수 있다. 가깝게는 가족부터 친구, 생각지도 않았던 동화작가 할아버지와 같은 의외의 인물까지 있다. 사람과 사람이 만났을 때 전해지는 온기는 절망이란 냉기를 녹일 수 있으며, 나누는 대화를 통해 돌파구를 찾을 수 있다. 분명 우리 주변에는 긍정을 전해줄 손길이 있다. 그토록 행복을 찾던 소년이 절망의 순간에서도 보이지 않는 하나님을 의지하며 긍정을 회복한 것처럼, 보이지 않는 손길이 있음을 믿길 바랄 뿐이다.

05

삶의 균형을 잡아라

언젠가 인디언들의 우화를 들은 적이 있다. 인디언들은 아마도 이 지구상에서 원시 부족과 함께 가장 자연과 친한 사람들이라고 할 수 있을 것이다. 자연을 친구 삼아 살아가는 그들은 자연에서 살아가야 할 방법을 스스로 터득한다. 그런 인디언들의 우화를 여러 개 들었는데 가장 기억에 남는 것을 소개해주고자 한다. 그것은 바로 강을 건너는 방법이다. 보통 평지에서 생활하는 인디언이기에 강을 건널 일이 많지 않지만 먼 길을 떠나며 강을 건널 일이 생길 때가 있다고 한다. 그리고 그럴 땐 좀 특이한 방법을 쓴다고 한다.

강 중간 중간에 돌덩어리를 놓고 그 위를 건너는데 거기까진 우리와 비슷한 방법이라고 할 수 있겠다. 그런데 이것을 넘어서 우리와는 다르게 그들은 강을 건널 때 반드시 등에 무거운 짐을 지고 간다고 한다. 그 이유가 궁금해서 그것을 물어보니 무거운 짐을 지어야 거센 물살에도 흔들리지 않고 자신의 길을 갈 수 있기 때문이라는 이야기를 들었다. 등에 짐이 있어야 몸의 균형이 잡혀서 급하게 건너지도 않고 성급하거나 방심하지도 않으며 앞으로 쏠리거나 넘어지는 일을 방지할 수 있다는 것이었다. 그 이야기를 들으며 인디언들의 지혜에 사뭇 감탄한 적이 있다.

생각해보면 인디언의 지혜가 우리의 옛날 시골에서의 삶에도 있었던 것 같다. 예전에 시골에서 자랄 때에는 집안일을 돕기 위해 나뭇짐도 하고 논일도 해야 했다. 산에 나무를 하러 갈 때면 아버지는 늘 지게를 등에 지셨다. 심지어 오르막길에서도 그 짐을 그대로 진 채로 아버지는 길을 오르곤 하셨다. 몸을 가볍게 해야 오르기 쉬운 게 분명한데도 묵직한 지게를 꼭 지고 계시는 것이었다. 나는 궁금해서 아버지에게 물어보았다.

"아버지, 오르막길에서는 그 짐을 벗어야 더 쉽게 오르실 수 있을 것 같아요. 그 무거운 지게는 그만 벗어버리세요."

"음… 이래야 중심이 잘 잡힌단다. 적당히 짐을 지고 있어야 넘어지지 않아."

그때는 그런가보다 했는데 지나고 보니 그것이 지혜였다.

아마 아버지나 인디언들이나 등에 진 짐의 소중함을 이전에 깨달았던 것 같다. 그 무게가 자신을 넘어지지 않게 해주었던 것이다.

인생길을 걷다 보면 등에 져야 할 짐이 많다는 것을 느낀다. 한 가정의 가장으로서 지고 있는 짐이 있을 것이고, 한 가정의 어머니로서도 그렇다. 할머니도 그렇고, 심지어 아이들도 나름대로 자기 삶에 지고 있는 것들이 있다. 아마 한 사람도 짐이 없는 이들은 없을 것이다. 어떤 이들은 자신의 짐이 너무 무겁다며 불평하고 때론 억지로 내려놓으려 한다. 그러나 내려놓으면 날아갈 것 같겠지만 현실은 그렇지 않다. 가장으로서의 짐이 무겁다고 그 짐을 내려놓고 일을 안 하고 자기 마음대로 쉰다고 해보자. 금방 가정은 위기를 맞이하게 될 것이다. 이처럼 우리가 가지고 있는 삶의 짐을 내려놓을 때 오히려 앞으로 고꾸라질 수 있다. 그렇기에 우리는 오히려 삶의 짐에 대하여 감사하는 마음을 가져야 한다.

예전에 '대문 열고 들어가면 문제없는 집 없다'는 말을 나는 종종 듣곤 했다. 그것은 누구나 문제를 안고 살기 때문에 낙심하지 말라는 의미일 것이다. 그러므로 자신의 등에 얹혀 있는 등짐을 자신이 교만하지 않으려고 하는 마음의 추라고 여겼으면 좋겠다. 또한 자신의 등에 얹혀 있는 짐을 잘 지고 갔을 때 우리는 점점 더 성숙한 삶을 살아갈 수 있게 된다. 마치 무거운 짐을 지고 가는 사람이 다리근육이 붙고 어깨근육이 늘어나듯이 인생의 짐을 진 사람도 짐을 지면서 인생의 역경을 이겨내는 근육이 점점 붙기 때문이다.

그런 의미에서 정호승 시인의 〈내 등에 짐〉이란 시를 꺼내어 본다. 절망적인 상황에서 긍정을 찾는 이들에게 너무도 위로가 되는 글일 것이다.

내 등에 짐

정호승

내 등에 짐이 없었다면
나는 세상을 바로 살지 못했을 것입니다
내 등에 있는 짐 때문에 늘 조심하면서 바르게

성실하게 살아왔습니다

이제 보니 내 등의 짐은 나를 바르게 살도록 한

귀한 선물이었습니다

내 등에 짐이 없었다면

나는 사랑을 몰랐을 것입니다

내 등에 있는 짐의 무게로 남의 고통을 느꼈고

이를 통해 사랑과 용서도 알았습니다

이제 보니 내 등의 짐은 나에게 사랑을 가르쳐

준 귀한 선물입니다

내 등에 짐이 없었다면

나는 겸손과 소박한 기쁨을 몰랐을 것입니다

내 등의 짐 때문에 나는 늘 나를 낮추고 소박하게

살아왔습니다

이제 보니 내 등의 짐은 나에게 기쁨을 전해 준

귀한 선물이었습니다

물살이 센 냇물을 건널 때는 등에 짐이 있어야

물에 휩쓸리지 않고

화물차가 언덕을 오를 때는 짐을 실어야 헛바퀴가

돌지 않듯이

내 등에 짐이 나를 불의와 안일의 물결에

휩쓸리지 않게 했으며

삶의 고개 하나 하나를 잘 넘게 하였습니다

내 나라의 짐, 가족의 짐, 직장의 짐, 가난의 짐

몸이 아픈 짐, 슬픈 이별의 짐들이

내 삶을 감당하는 힘이 되어

오늘도 최선의 삶을 살게 합니다.

06

즐기는 사람 위에 미친 사람

인터넷상에서 꽤나 알려진 지리산에 미친 사람 성락건 선생의 산행 육하원칙을 소개한다.

하나. 언제 산으로 가나.

봄이 좋다. 가을은 더 좋다. 여름도 괜찮다. 겨울은 시리도록 좋다.

자기가 좋아하는 계절이 영락없이 더 좋다.

괴로울 때 가라. 기쁠 때나 외로울 때도 가라.

바람 부는 날. 비 오는 날. 눈 오는 날. 눈이 부시게 푸른 날.

천둥치고 번개 치는 날. 달 밝은 날.

미쳤다고 생각되는 날까지 가라.

둘. 어느 산을 갈 것인가.

가까운 산 몇 번 간 후에, 먼 산으로 달려가라.

낮은 산 오르고, 높은 산 올라라.

유명하고 아름다운 산은 자꾸만 가라.

셋. 누구하고 갈 것인가.

많으면 많을수록 좋고, 적다면 적어서 좋다.

서넛이면 여러 가지로 좋고, 둘이면 손잡기 좋고,

혼자면 마음대로라 좋다.

홀로 가면 바람과 구름, 나무와 새, 꽃과 나비를 몽땅 가슴에 담을 수
있어 좋을뿐더러,

자연과 친구가 될 수 있어 희한하게 좋다.

넷. 산에 가서 무엇을 하나.

기진할 때까지 방황하다 쓰러져라.

두려움조차 내 것으로 껴안아라.

새소리도 흉내 내보고, 나뭇잎에 편지라도 적어보라.

향기에 취해서 야생화를 뺨에 비벼보라.

도토리 한 알 주워 친구에게 선물해보라.

산정에서는 고함보다 침묵이. 침묵보다 명상이 엄청 더 좋다.

다섯. 어떻게 산에 가면 좋은가. 발가벗고 가라.
허위와 영악함 부끄러움과 더러움을 가져주는 옷과 넥타이. 모자.
양말까지 벗고 가라.
그렇게 하면 솔바람에 마음을 정갈히 빗질할 수 있고.
맑은 계곡물에 더러움과 영악함을 헹구기 쉽다.

여섯. 왜 산에 가는가.
산이 있기에 간다. 우린 어쩔 수 없이 그렇게 태어났다.
대답하기 어려우면 존재론으로. 더 곤란하면 운명론으로 돌려라.
더더욱 곤경에 처하면 되물어라.
"당신은 왜 산에 안 가는가?"

그의 산 사랑이 어느 정도인지 가늠할 수 있는 글이란 생각이 든다. 문학 기행이나 모임을 통해 등산을 자주 하는 나로서도 그가 과연 산에 미쳐있구나 하는 생각이 들 정도다. 하지만 그의 과한 애정이 너무 넘친다는 생각 보다는 산에 도통했다는 생각이 더 든다.

앞서 노력하는 자는 즐기는 자를 따를 수 없다는 이야기를 했으나, 이번 장에서는 그보다 한 단계 더 나아가는 이야기를 하고자 한다. 아마 산행육하원칙에서 짐작했겠지만 이번에는 삶에 미친 사람들에 관한 이야기를 하려고 한다.

일본 보험업계에서 15년간 전국 실적 1등을 차지했던 '하라이치 헤이라'라는 사람이 있다. 세일즈의 신이라 불렸던 그의 키는 145cm에 불과하다. 외형적으로 볼품없는 그인데다 어린 시절 너무 불우하게 자랐다. 어릴 적 그는 먹을 것도 잘 곳도 없어 공원을 배회하기 일쑤였고 나쁜 짓이란 나쁜 짓은 다 할 정도여서 선생님을 칼로 찌르기까지 하는 등 최악의 문제아였다. 남들은 그를 보고 인간쓰레기라고 손가락질을 했다.

그러던 그가 어떻게 성공신화를 쓰게 되었을까. 사회에 나와서 밥벌이를 해야 했던 그가 뛰어든 곳은 보험업계였다. 배운 것도 없고 갖춘 것도 없던 그였지만 보험이란 분야에 투신하기로 작정한 그는 69세에 은퇴할 때까지 미친 듯이 일했다. 그러다 보니 15년간 보험판매 1등 기록을 유지할 수 있었다.

은퇴 후 기자회견을 가졌을 때 어떤 기자가 그에게 영업의 비결이 무엇이냐고 물었다. 그러자 그는 자신의 발을 한번 만져보라고 발을 내밀었다. 그러자 그의 발은 갈라지고 터진 데다 딱딱한 돌덩이와 같이 굳은살이 단단히 박혀있었다.

"저는 그저 남보다 많이 걷고 뛰었을 뿐입니다. 세일즈를 하고 있지 않을 때는 세일즈에 대한 이야기를 했습니다. 그리고 세일즈에 대한 이야기를 하고 있지 않을 때는 세일즈에 대한 생각을 하고 있었습니다."

그의 성공 비결은 한마디로 세일즈에 미치는 것이었다.

불광불급不狂不及 즉 미치지 않고서야 이르지 못한다는 의미를 생각하게 해준다.

지금까지 한 번도 주변으로부터 미쳤다는 소리를 들어보지 못했다면 반성을 해봐야 한다. 그만큼 앞뒤 가리지 않고 열정적으로 살지 않았다는 표현이 될 수도 있기 때문이다. 즐기며 일하는 것도 삶을 긍정적 적극적으로 바꾸는 방법이 될 수 있으나, 이제는 한 단계 더 업그레이드시켜 미쳤단 소리 들을 정도로 푹 빠져보길 권한다. 나 역시 경험이 있었기에 이야기할 수 있지만, 미쳐 있을 때의 집중력과 시너지 효과는 정말로 탁월하다.

07

고난이 주는 축복

나무박사 우종영 씨가 쓴 『나는 나무처럼 살고 싶다』라는 책에 보면 회양목에 대한 이야기가 나온다. 회양목은 겉으로 보기에는 별로 볼 것이 없는 나무다. 나무 폭이 15~20cm 정도밖에 되지 않는 데다가 키도 크지 않다. 그런데 이 나무는 볼거리는 별로 없지만 아주 단단하고 견고한 나무라고 한다. 다른 나무들이 키와 둘레를 키우고 무성한 잎과 열매를 맺을 때 이 회양목은 오랜 시간 동안 자신의 속을 다진다고 한다. 그렇게 다져진 회양목은 어떤 나무와도 비교할 수 없을 만큼 조직이 치밀하고 단단하다. 그래서 이 회양목으로 만든 도장이 가장 좋다고 한다.

시련은 시간과의 싸움이 아닐까 싶다. 시련이 다가왔을 때 얼마나 인내를 가지고 견뎌내느냐가 시련을 견디냐, 견디지 못하느냐를 결정짓게 된다. 인내를 가지지 못하면 시련에 패배하게 된다. 반대로 인내를 가지고 시련을 이겨내면 어느새 우리의 모습이 예전과는 달라져 있음을 알 수 있다. 시련이 우리의 인생근육을 단단하게 키워준다.

우리나라 음식이 세계적인 건강식으로 알려지게 된 것은 발효와 숙성이라는 놀라운 비밀이 음식에 숨겨져 있기 때문이다. 발효과학이라는 말이 생겨났을 만큼 발효는 우리 몸에 좋은 균을 만들어내는 데에 탁월한 능력을 지니고 있다. 그런데 생각해보면 발효는 인내하는 것이다. 긴 시간을 어둠 속에서 장독대 안에서 갇혀 인내함으로써 새롭게 거듭나게 되는 것이 바로 발효라는 것이다.

우리네 삶도 마찬가지다. 절망이 다가온다 할지라도, 아무 것도 되는 일이 없이 좌절하고 낙심하게 되는 일만 발생한다 할지라도 멈추면 안 된다. 그 시간은 회양목이 서서히 자라나는 시간이요, 근육이 수축과 이완을 통해 서서히 자리 잡는 시간이요, 절망이 숙성하여 희망으로 변해가는 순간이다. 그렇기에 절망이라는 숙성 기간을 받아들여야 한다.

그럴 때 자신을 격려해야 한다. 자신에게 있는 긍정적인 요소들을 바라보라. 자신에게 있는 감사할 거리를 생각해보라. 그 때 상황이 바뀌고 우리는 온전히 새로운 모습으로 거듭날 수 있게 된다. 2000년 전의 맹자도 절망을 숙성 기간으로 보라고 말하고 있다. 그의 말을 다시 한 번 숙고해보자.

"하늘이 장차 그 사람에게 큰 사명을 주려 할 때는 반드시 먼저 그의 마음과 뜻을 흔들어 고통스럽게 하고 그 힘줄과 뼈를 굶주리게 하여 궁핍하게 만들어 그가 하고자 하는 일을 흔들고 어지럽게 하나니 그것은 타고난 작고 못난 성품을 인내로써 담금질하여 하늘의 사명을 능히 감당할 만하도록 그 기국과 역량을 키워주기 위함이다. 작금의 시련과 역경은 나를 단련시켜 크게 사용하려고 하는 것이다."

08

이익에 눈멀지 말자

남아프리카에는 스프링복이라 불리는 양 떼들이 있다. 평소 양 떼들은 소규모로 무리지어 있을 때 한가롭게 풀을 뜯으며 시간을 보낸다. 그러나 양들의 규모가 조금씩 늘어나 숫자가 많아지면 상황은 달라진다. 무리 맨 뒤에 있는 양들은 뜯어먹을 풀이 거의 없기 때문에 조금이라도 앞으로 나가 풀을 뜯으려 경쟁을 한다. 그렇게 시작된 경쟁 때문에 모든 양들의 서열을 흔들어 놓는다. 뒤에서부터 시작된 경쟁이 조금씩 앞으로 전달되면서 결국 양들은 뛰기 시작한다. 그렇게 시작된 뜀박질로 모든 양들은 풀을 뜯을 새도 없이 덩달아 뛰게 되고, 달리는 것에 경쟁이 붙어 숨 없이 달리는 데에만 열중하는 것이다. 성난 파도처럼 뛰던 양 떼들은 결국 해안 절벽에 도달하게 된다. 멈춰야 하는데 워낙 빠른 속도로 돌진하다보니 멈출 새가 없이 모두 바다로 떨어져 비참한 최후를 맞이하게 된 것이다. 자기 눈앞에 있는 풀만을 위해 달린 결과가 참혹하기 그지없다.

'갈택이어竭澤而漁'라는 고사성어가 있다. 연못의 물을 모두 퍼내 고기를 잡는다는 의미로 눈앞의 이익만 추구하여 미래를 생각하지 않을 때 쓰인다. 이 고사성어의 어원은 중국 춘추시대로 거슬러 올라간다. 춘추시대 진나라의 문공이란 사람은 성복이란 곳에서 초나라와 일대 접전을 벌이게 된다. 그런데 초나라 군사가 진나라 군사보다 훨씬 많았고 병력도 막강해 보였다. 문공은 궁리를 하기 시작했다. 그러다가 호언이란 자에게 조언을 구했고, 그에게선 이런 대답이 돌아왔다.

"예절을 중시하는 자는 번거로움을 두려워하지 않고, 싸움에 능한 자는 속임수를 쓰는 것을 싫어하지 않는다고 들었습니다. 속임수를 한번 써 보시지요."

문공은 다시 이옹이란 자에게 조언을 구했다.

"저는 그 의견에 같이할 수 없습니다. 그렇다고 별다른 방법이 있는 건 아닙니다. 다만 못의 물을 모두 퍼내어 물고기를 잡으면

잡지 못할 리 없지만 훗날에는 잡을 물고기가 없을 것이고 산의 나무를 모두 태워 짐승들을 잡으면 물론 잡겠지만 뒷날 잡을 짐승이 없을 것입니다. 지금 속임수를 써서 위기를 모면한다 해도 임시방편일 뿐입니다."

이에 문공은 눈앞의 이익을 추구하는 속임수가 아닌 정공법으로 진나라와 싸웠다고 한다. 갈택이어는 이옹의 조언에서 유래한 말로, 눈앞의 이익을 추구할 때 사용하는 고사성어가 되었다.

"오늘날 우리 사회의 가장 큰 위기는 가치의 위기다. 사람들은 '무엇' 이전에 '왜' 라는 존재의 가치에 대해 질문하는 것을 이해하지 못하기에 스스로에 대한 확신을 갖지 못한다. 그들은 늘 불안하고, 불편할지도 모른다. 그들은 더 이상 자신의 일이 얼마나 가치 있는 일이며, 열심히 일하면 성공할 것이라는 사실을 인식하지 않고 있다. 사람들은 가치관이 결여된 노동을 하며 미래를 보장받을 수 없다는 불안으로 불행하게 살 것이다. 우리는 불행하지 않기 위해, 자신의 삶에 의미와 자신의 행동에 가치를 부여해야 한다. 어려운 상황에서 삶의 목적을 찾는 사람들의 욕구를 절대로 과소평가해서는 안 된다. 이것은 인간의 가장 근본적인 열망이고 가장 가치 있는 일이다."

『보이지 않는 고객』의 저자 칼 알브레이히트는 책을 통해 이렇게 말했다. "가치와 사명은 이익과 같은 대열에서 비교하고 설명할 수 없다." 다시 말해 차원이 다른 것이다. 이익만을 좇는 자가 가치와 사명에 따르는 일은 쉽지 않지만, 가치와 사명에 입각한 삶을 사는 사람들에겐 상상하지 못할 이익이 따라올 수 있다. 존재하기 위한 삶을 살지, 소유하기 위한 삶을 살아갈지는 스스로 선택하는 것이다.

본인이 현재 어떠한 사명을 가지고 사는지 알아야 한다. 만약 자신을 움직일 어떠한 가치도 없이 살아간다면 이제부터 심각하게 생각해 보아야 한다. 나는 왜 사는가? 왜 날마다 아침 일찍 일어나 일을 하러 나가는 것인지, 다시 생각해야 한다. 이익에 따라 생활하고 있다면, 과감하게 역발상 해야 한다. 나는 어떠한 가치와 사명으로 그 이익을 좇는 것인지.

목적이 이끄는 삶이 인생을 좌우한다. '인생이 왜 존재하는가?'란 질문의 대답은 바로 '사명'이다. 자신이 이 땅에 사는 목적이 무엇인지 인식하고, 어떤 일을 위해 살아가고 있는지 정의할 수 있을 때 그것은 자신에게 주어진 고유한 사명이 될 것이다.

얼마 전 『나의 사명 선언문』이란 책이 상당한 인기를 끌었다. 그만큼 정보와 물질이 넘쳐나는 시대에 살고 있지만 정작 자신에게 주어진 사명을 늘 찾고 고민하는 이들이 많다는 말 아니겠는가. 우리가 궁극적으로 긍정적인 삶을 살기 위해서는 먼저 자신의 존재를 깨닫고, 사명을 인식하며, 가치대로 살아가는 것에서 시작되어야 할 것이다. 그렇게 될 때 그 과정에서 찾아오는 자긍심에서 긍정의 에너지도 힘을 발휘하게 될 테니. 기억하길 바란다. 자신의 사명을 깨달은 날이 생애 최고의 날이며 그때부터 긍정의 날이 펼쳐질 것이라는 것을.

09

개성이 밥 먹여준다

이제는 개성의 시대다. 우리나라가 아무리 성형의 천국이라 할지라도 천편일률적인 외모 지상주의에 일희일비할 필요는 없다. 외모는 외모일 뿐이다. '예쁘다'에 대한 역발상이 필요하다. 눈 코 입의 완벽한 조화와 S라인의 몸매가 제일이라고 생각하는 자가 있다면, 남자든 여자든 그런 사람은 가려 만나라. '예뻐야 성공한다'는 발상에서 '예쁘게 승화시켜야 성공한다'는 발상으로 변해야 한다.

얼마 전 일본 아사히신문은 시니어 페이지를 통해 중장년들에게 좋은 소식을 전했다. 그들은 중장년층이 더 이상 노쇠하지 않고 활기차게 보이도록 변신시키는 프로그램을 진행하기 위해서였다. 이는 중년층의 외모에 대한 낮은 자존감을 역발상으로 전환시키는 것이다.

중년층의 자신감마저 앗아가 버리는 것 중에 하나가 헤어스타일이다. 머리칼이 하얗게 세고 듬성듬성 빠지고 벗어진 것은 중년의 중후함이 아닌 부끄러움이라고 생각한다. 변신 프로그램에서는 외모를 오히려 자신감으로 승화하려는 역발상을 보여주었다. 머리가 벗겨진 사람들은 대부분 어떤 식으로든 벗어진 부분을 가리려 안간힘을 쏟고 머리카락을 길러 조금이라도 머리숱이 많아 보이도록 하여 어정쩡한 염색으로 가리려고 한다는 관념을 완전히 깼다.

스타일리스트들은 정형화된 헤어스타일을 벗어나 비어있는 부분을 오히려 강조했다. 또한 길게 기른 헤어를 짧게 자르면서 있는 그대로 보여주는 것이다. '나 머리숱 없어요. 내 머리칼은 하얗습니다. 하지만 자신 있어 보이지 않나요?'라는 메시지를 외모로 보여준다는 것이다. 실제 이 프로그램에서 시도했던 헤어스타일을 보니 과연 훨씬 세련되면서 새로운 아저씨 머리 스타일이었다. 외모를 바라보는 역발상이 자신감을 불어넣어 준 것이다.

외모는 사람을 돋보일 수 있는 장점이다. 그러나 꼭 아름다운 외모만이 장점으로 작용하는 것은 아니다. 외모의 선입견을 과감히 버리되 외모의 차별성에 집중할 필요가 있다.

마시멜로 이야기로 선풍적인 인기를 이끌었던 작가 호야 킴 데 포사다의 신작 『바보 빅터』가 있다. 그 책에는 여자 주인공 로라가 외모로 인해 삶의 의지를 잃고 있는 내용이 나온다. 로라는 어릴 때부터 무척 예쁜 외모로 모든 사람들의 칭송을 받았다. 너무 귀엽고 깜찍한 나머지 유괴를 당할 뻔하기도 했는데, 아버지는 그런 딸이 불안해 딸에게 못난이라는 별명을 붙여준다. 별명이라도 못난이라고 불러야 덜 위험해질 거란 생각이었다. 약간의 효과도 보였다.

그러나 문제는 로라 자신에게 생겼다. 여기저기에서 못난이라고 불리자 로라는 극심한 외모 콤플렉스를 겪기 시작했다. 어디에 가든 자신감이 사라지고 사람들 앞에 나서는 일이 싫으며 절망감에 빠진 것이다.

'나는 할 수 없을 거야.' '내가 어떻게 할 수 있겠어.' '내 주제에 무슨….'

이러한 자괴감은 끝내 로라의 생각과 의식을 정지시켜 행복할 수도 일을 할 수도 생각을 할 수도 없었다. 로라는 남의 허드렛일이나 하며 밑바닥 인생을 살았고 누군가 아름답단 얘기를 하면 자신을 놀리는 것이라 생각하여 불쾌했다.

그러던 어느 날 암기왕 잭의 출현으로 모든 비밀이 풀린다. 잭은 암기왕 빅터의 이야기를 해 준다. 그의 아이큐가 원래 173이었지만 담임선생님의 편견으로 앞자리 1을 놓친 뒤 73으로 이야기했고 그것을 계기로 바보로 여기며 살았다는 것이다. 또한 생방송 쇼 프로그램에 자신의 이야기를 상담하게 된 로라가 부모님으로부터 못난이란 별명이 어떻게 생겨나게 되었는지 그 내막을 듣게 된다. 악의로 만들어진 것이 아니라 자기 자신을 믿지 못했기에 인생을 허비하며 살았다는 것을 뒤늦게 알게 된 것이다.

자기 자신에 대한 지나친 선입견은 천재를 바보로, 미인을 극심한 스트레스에 시달리는 추녀로 살게 만든다. 로라가 만약 자신의 외모를 판단하는 기준에 얽매이는 것이 아니라 자신을 믿고 자신만의 기준을 세웠더라면 행복했을 것이다.

외모가 경쟁력이 되는 시대다. 그러나 이제는 그 앞에 개성 있는 외모라는 수식어가 붙는 시대다. 천편일률적인 외형은 잠시 동안 눈길을 끌 뿐이다. 조금 생기다 말았다고 해도 그만이 가진 장점을 살리거나, 자신감 넘치는 표정만으로도 대세가 되는 세상이다. 10대 청소년들에게 욕을 먹을 지도 모르겠으나, 10대들의 우상이라고도 하는 몇몇 아이돌 스타들 중에도 기존 외모의 판단에 빗나가는 친구들도 있다. 어른 세대에 속하는 나로서는 그들이 화면에 나오는 모습을 보며 갸우뚱하기도 했다. 시대가 많이 바뀌었단 생각을 하는데 아들 녀석이 친절한 설명을 붙여 주었다.

"아버지, 개성 시대잖아요. 요즘 꽃미남도 한물 갔어요."

그러고 보니 그 아이돌 그룹의 조화가 참으로 잘 이루어져 있었다. 조금은 난해하지만 패션 감각이나 헤어스타일, 무엇보다 자신감으로 똘똘 뭉친 표정과 바디 랭귀지가 보는 사람의 시선을 충분히 잡아끄는 매력이 있었다.

이미 외모의 역발상이 유행을 이끌어가고 있었던 것이다. 그 친구들의 외모가 기존의 미를 판단하는 기준에는 미치지 못할지언정 그들만의 개성을 120% 발휘하고 있었다. 그러한 자신감과 외모의 역발상이 참 신선한 자극이 된다.

바보 빅터에 등장하는 최고 컴퓨터 기업의 테일러 회장의 말에 귀를 기울일 필요가 있다.

"자네가 아무리 세상의 기준과 다른 길을 가고 있더라도 자네 스스로 자신을 믿는다면 누군가는 알아줄 거야. 내가 이렇게 자네의 가능성을 발견한 것처럼 말이지. 하지만 반대로 자네가 자신을 믿지 못한다면 그 누구도 자넬 믿어주지 않을 걸세."

지금은 개성이 밥 먹여주는 시대다. 외모를 바라보는 역발상이 필요하다. 물론 그 속엔 자기 자신을 믿는 믿음이 수반되어야 할 것이다. 정신은 행동을 지배하고, 믿음은 외모를 지배한다. 자신의 외모에 살아 숨 쉬고 있는 1%의 가능성을 살려야 한다. 그 가능성을 개성으로 승화시킬 때 당신은 외모의 승부사라는 역발상의 주인공이 될 수 있다.

10

배려

어떤 사람이 식당을 찾았다. 허름하지만 음식 맛이 깔끔하기로 소문난 집이었기에 물어물어 찾아간 것이다. 자리에 앉아 주문을 하려는데 마침 남루한 차림의 할아버지 한 분이 식당에 들어오셨다. 그러자 주방에 계시던 주인아주머니께서 환한 미소를 지으며 카운터 안쪽에 특별히 준비된 메뉴판을 들고 나오셨다. 슬쩍 쳐다보니 그 메뉴판에는 VIP용이라고 쓰여 있었다. 할아버지는 그 메뉴판을 보곤 식사를 주문하셨다.

그는 순간적으로 욱하는 마음이 올라왔다. 똑같은 손님인데 누구는 특별하고 누구는 특별하지 않은가 싶어 기분이 상했다. 하지만 꾹 참고 자신도 일반용 메뉴판을 보고 주문을 한 뒤 식사를 했다. 소문대로 맛은 기가 막혔다. 그런데 한편으론 할아버지께 드린 메뉴판이 궁금해졌다. 할아버지가 식사를 마치고 돌아가신 뒤 그 메뉴판을 슬쩍 들여다보았다. 그가 본 메뉴판은 VIP용 메뉴판이 아니었다. 오히려 원래 가격보다 1/3이 낮춰진 가격이 적혀 있는 메뉴판이었다. 터무니없는 가격이 적힌 메뉴판을 보면서 자신에겐 더 높은 값을 모두를 받았다는 생각이 들어 그는 더욱 기분이 상했다.

그때 주인아주머니께서 다가와 이런 말씀을 하셨다.

"손님, 오해하지 마세요. 아까 그 할아버지는 혼자서 외롭게 사시는 분인데 공짜로 식사를 드리려고 하면 식사를 안 하셔서 이렇게 하고 있어요."

순간 얼굴이 벌겋게 달아올랐다. 잠깐이지만 할아버지와 자신을 차별한다고 불쾌해 했던 자신이 너무도 부끄러웠기 때문이다. 그는 그날로 그 식당의 단골이 되었다. 맛도 있었지만 주인아주머니의 배려심 깊은 행동을 지켜보며 본을 삼고 싶은 이유도 컸다.

아동 작가 채인선 씨의 『아름다운 가치사전』을 보면 아이들이 꼭 알아야 할 아름다운 가치에 대해 말하고 있는데, 그중에서 배려에 대한 내용 몇 가지를 소개할까 한다.

배려란, 다른 사람에게 방해가 되지 않도록 영화가 시작되기 전에 손 전화를 꺼두는 것.

배려란, 화분을 햇빛이 드는 곳으로 옮겨 주는 것.

배려란, 텔레비전 켜기 전에 책을 읽고 있는 형에게 먼저 묻는 것.

배려란, 산책로에서 자전거가 지나갈 때 한쪽에 서서 길을 비켜 주는 것.

배려란, 친구를 위해 걸음을 천천히 걷는 것, 걸으면서 같이 이야기하는 것.

배려란, 밥 먹을 때 할머니께서 잘 드시는 음식을 할머니 가까이 놓아 드리는 것.

정말 작은 말과 행동이지만 그 마음에서 상대방을 생각하는 마음이 깊고도 크다는 생각이 들 것이다. 사람과 사람이 사는 세상에 배려는 너무도 훌륭한 미덕이다. 사람 사이에 배려하는 마음이 있을 때 긍정적인 삶의 자세가 생긴다. 긍정적인 마음은 자신에 대한 좋은 마음과 동시에 다른 사람들에 대해 좋은 마음을 갖는 것이다. 상대방이 어떻게 하면 더 편안하게 느낄 수 있을까 생각하는 마음에서 이미 긍정적인 생각이 흘러나온다. 그러니 배려가 긍정 에너지가 되는 것은 당연하다.

노벨상 수상작 『대지』를 쓴 펄벅 여사가 우리나라를 방문했을 때였다. 당시만 해도 우리나라가 전쟁 후 농촌사회에서 산업사회로 진입하려던 시기였기에 못사는 것은 당연했다. 펄벅 여사는 경주 고적지를 보려고 기차를 타고 달렸다. 그때 기차 밖에서 보이는 풍경이 그녀를 잡아끌었다. 한 농부가 볏단을 실은 소달구지를 몰고 가고 있었는데 농부 어깨에도 적지 않은 양의 볏단이 얹혀 있는 것이다.

"아니, 저 농부는 왜 볏단을 지고 갑니까? 달구지에 싣고 가도 되잖아요."

"저건 소가 너무 힘들까 봐 거들어 주는 겁니다. 저런 풍경은 우리나라에선 흔히 볼 수 있는 일입니다."

그러자 펄벅 여사는 이런 말을 했다. 자신은 이미 한국에서 보고 싶은 걸 다 보았다고. 농부가 소의 짐을 대신 거들어 주는 모습 하나만으로도 한국의 위대함을 충분히 느꼈노라고.

이처럼 우리는 태생적으로 배려하는 민족이다. 배려의 유전인자를 잊어서는 안 된다. 어려운 사람을 위해 다른 메뉴판을 특별히 만드는 수고를 하지 않고서라도 배려할 수 있는 것은 얼마든지 있다. 햇볕이 필요한 화분을 창가로 옮겨주고, 좁은 길에서 기꺼이 길을 비켜주며 꾸벅꾸벅 조는 사람을 위해 말소리를 낮추는 것 모두 배려가 된다. 결국 그 배려는 자신에게도 좋은 에너지를 전달하여 사람과 사람이 사는 세상을 긍정으로 연결시킬 것이다.

11

바보처럼 꿈꾸고
상상하고 모험하라

행복한 바보들이 사는 마을 켈름이 있었다. 그곳엔 바보라 불리는 사람들이 살지만 그들은 너무나 행복하게 살았다. 마을에는 그로남이라는 현자가 통치하고 있었다. 하루는 켈름의 호수에서 큰 잉어가 잡혔다. 지금까지 잡힌 잉어 중 가장 큰 잉어였는데 그 잉어가 그로남의 얼굴을 후려쳤다. 마을 사람들은 이 버릇없는 잉어에게 혼쭐을 내기로 결정한다.

"어떤 방법이 좋을까요?"

"아주 큰 벌이 좋을 것 같아요."

마을의 장로들은 머리를 맞대고 어떤 큰 벌이 좋을까 고심을 거듭했다.

"일단 최종 판결이 나올 때까지 이 버릇없는 잉어를 물통에 가둬 살려둡시다."

그리고 반년이 흘러 최종판결이 내려졌다. 아주 큰 벌이었다.

"잉어를 물에 빠뜨려 익사시킨다. 만일의 경우, 그 버릇없는 잉어가 물에 빠져 죽기를 거부해 다시 잡히면 특수한 감옥인 연못에 죄수를 가두어 놓는다."

이 이야기를 듣고 어떤 기분이 드는가. 바보 같다는 생각보다 마치 현실의 턱을 한 단계 넘어선 이들의 지혜가 느껴질 것이다.

노벨상 수상자로 널리 알려진 아이작 싱어의 『행복한 바보들이 사는 마을, 켈름』에 나오는 이 이야기는 동화이기도 우화이기도 한 스물 두 편의 이야기 중 한 편이다. 마치 어린이들의 순수한 동심을 엿볼 수 있기도 한 훈훈한 이야기다.

이 책을 읽고 있으면 행복한 바보들이 사는 마을인 켈름에서 살고 싶다는 생각이 든다. 우리가 너무 똑똑한 시대를 살고 있어서다. 바보 철학을 통해 얻을 수 있는 긍정의 에너지는 대단하다. 상식을 의심하는 역발상의 시도, 잡을 수 없을 것 같은 꿈을 꾸지만 결국 그러한 꿈꾸기가 현실을 바꾼다. 앞뒤 재지 않고 도전에 뛰어드는 열정, 때론 대범하고 때론 디테일한 삶의 자세, 자신의 것을 취하기보다 아낌없이 나눠줄 수 있는 배려와 늘 웃을 수 있는 긍정의 에너지는 스스로 바보가 되는 것에서 시작된다.

지금까지 긍정의 힘에 대해 이야기했던 모든 이야기가 요약되어 있는 듯하다. 일본 굴지의 기업 혼다의 창업자인 혼다 소이치로도 "머리가 좋으면 성공하는데 오히려 방해가 된다. 바보처럼 철저히 몰입할 수 없기 때문이다. 머리 좋은 것은 오히려 방해가 된다. 무턱대고 도전하고 웃으며 바보처럼 일해야 성공할 수 있다."라고 말했다.

그러니 스스로 바보가 되는 일에 주저하지 않았으면 좋겠다. 또한 바보 같은 자신의 면면을 아끼고 사랑했으면 좋겠다. 계속 배고프고 계속 바보스러워지라는 스티브 잡스의 말처럼, 바보 같은 면면은 자기 자신을 새로운 세계로 안내해 줄 블루오션이 될 수 있다. 그 생뚱맞고 바보스런 기질이 대단한 창의력을 발휘할 수 있으며, 늘 히죽거리며 웃는 바보스러움이 자신과 주변에 긍정적 에너지를 채워줄 것이다. 또한 언제나 손해만 보고 사는 것 같지만 결국 그것이 자신의 것을 나눠주는 기부가 될 수 있다. 그것은 자신을 투명하게 만들고 섬기는 리더로 이끌어줄 수 있을 것이다.

우리 시대 최고의 어른으로 추앙받던 김수환 추기경은 스스로를 바보로 칭하신 분이기도 하다. 삶에 대한 겸양 때문에 바보라 칭하셨겠지만 추기경님은 바보의 철학을 온몸으로 실천하신 분이란 생각이 든다. 성직자들과 함께 있는 자리에도 늘 겸손하게 끝자리에 앉으시고, 허허 거리며 웃는 웃음으로 어린아이부터 노인에 이르기까지 친구를 자처하셨다. 게다가 한국 현대사에 있어 한 획을 그은 역사적 현장에서는 늘 앞에 서서 앞뒤 가리지 않은 채 실행하는 분이셨다. 지금은 천국으로 소풍을 떠나셨지만 김추기경님의 바보 철학이야말로 우리가 배워야 할 '바보 역발상'이 아닐까.

지금부터 기꺼이 바보가 되자. 바보가 됨으로써 얻게 되는 새로운 긍정적 에너지를 만끽해 보자. 주변의 바보들을 무시하지 말자. 우리와 어깨를 나란히 할 동료들이 될 수 있다.

근자열 원자래近者悅 遠者來

근자열 원자래近者悅 遠者來는 "가까이 있는 사람을 기쁘게 해줘야 멀리 있는 사람이 찾아온다."라는 공자님 말씀이다. 이는 나의 인맥 관리의 첫 번째 원칙과도 일맥상통한다.

흔히들 사람을 소중히 대하라 하면 가까운 사람은 제쳐두고 남에게 잘하라는 의미로 받아들인다. 그러나 부모, 배우자, 자녀, 상사, 동료, 부하직원, 친구, 고향사람 등 허물없는 이들에게 먼저 잘하는 것이 순서다. 생각해 보라, 가까운 이들에게도 신뢰를 얻지 못하는 사람이 그 누구에겐들 신뢰를 얻겠는가.

경찰청에 있을 때 오랜 기간 인사 관리 업무를 담당했던 나로서는 정말 공감되는 말이다. 다만 나는 바람직한 인간관계에 있어 몇 가지 덧붙이고 싶은 것이 있다.

첫째는 진정성 있게 상대에게 다가가는 것이다. 모든 진심은 통하게 되어 있다. 상대에게 정성을 다하면 언젠가는 반드시 그 보답을 받게 된다.

둘째는 상대의 말에 귀 기울이는 것이다. 뛰어난 협상가는 시간을 들여 상대의 관점을 이해하려 노력한다. 자신이 말하는 것보다 상대의 이야기에 귀 기울일 때 더 많은 것을 얻고 배울 수 있다.

셋째는 상대의 입장을 배려하고 긍정적으로 생각하는 것이다. 모든 사람에게는 격려가 필요하다. 부정적인 것에 초점을 맞추고 사람들이 잘못하고 있는 순간을 잡아내는 것은, 관계 발전에 전혀 도움이 되지 않는다. 사실 마음만 먹으면 상대를 칭찬할 거리는 무궁무진하다.

넷째는 끊임없이 소통하는 것이다. 최근 한 경제연구소의 조사 결과에 따르면 CEO들도 불황을 이기는 첫 번째 방안으로 소통의 확대를 꼽고 있다고 한다. 인간관계에서뿐만 아니라 소통은 이제 우리 사회 어디서나 화두로 떠오를 만큼 중요한 키워드가 되었다.

지금까지의 내 삶을 이끌어 온 것은 절대 나 혼자만의 힘이 아니었다. 도저히 감당하지 못할 것 같던 일들도 내가 당당하게 극복해 낼 수 있었던 것은, 전적으로 내 곁을 지키며 나를 지지해준 사람들 덕분이었다.

늘 경우에 맞게 살라고 일깨워 주신 아버님과 인내의 중요성을 가르쳐 주신 어머님, 행복의 출발은 가족에서 시작됨을 느끼게 해 준 아내와 세 아이들, 그리고 공직자로서의 삶을 마치고 고향으로 돌아온 나를 언제나 넉넉하고 따뜻하게 맞아준 괴산군민들.

바로 그들이 있었기에 오늘의 내가 있는 것이다. 그들에게 진정으로 감사의 뜻을 전하기 위해서, 더 좋은 세상을 만들기 위해서 나는 혼신의 힘을 다해야 할 것임을 안다.

이 순간 내 앞에는 또 다른 운명의 길이 펼쳐져 있다. 그 길이 과연 어떤 길이 될지는 누구도 알 수 없다. 넓고 평탄한 길일 수도 있고 가파르고 험난한 길일 수도 있다.

다만 한 가지 약속할 수 있는 것은 그 길이 어떤 길이든 나는 피하거나 돌아가지 않을 것이고, 쉬운 길보다는 옳은 길을 향해 달려갈 것이라는 점이다. 그렇게 초심을 잃지 않으며 내 꿈이 이루어지는 그날까지 도전하고 또 도전할 것이다.

그동안 나를 믿고 한결같이 신뢰해 준 여러분들에게 틈틈이 시간을 쪼개 진심을 담아 써내려간 『꿈을 심는 희망의 새 길』이 책을 바친다.

권선복(도서출판 행복에너지 대표이사,
대통령직속 지역발전위원회 문화복지 전문위원)

세상만사 자신의 꿈과 희망입니다

세상살이가 어렵고 더욱 복잡해지는 시기일수록 우리는 자신의 꿈과 희망을 놓아서는 안 됩니다. 그 이유는 꿈과 희망만이 자신을 살리고 공동체를 살리고 나아가 나라를 살리는 밑거름이 되기 때문입니다. 그리고 훗날 우리가 개척한 길이 누군가에게 귀감이 될 때 우리의 고난과 역경은 빛나는 본보기가 될 것이고 나아가 우리 자신의 인생에 있어서도 부끄럽지 않은 자신의 열정을 바라보게 될 것입니다.

여기 자신의 길을 묵묵히 달려온 한 사람의 이야기가 있습니다. 자신의 신념을 굽히지 않고 달려온 사람의 인생여정이 있습니다.

그 사람의 이름은 흔한 이름입니다. 그 이름은 바로 아버지이며 아들이며 남편입니다. 그리고 또한 자신 스스로가 꿈과 희망이 되어 새 길을 펼치고자 한 노력과 희생입니다. 나용찬 저자의 책 『꿈을 심는 희망의 새 길』을 읽으며 저는 많은 생각에 잠겼습니다. '어떻게 이토록 묵묵히 자신의 길을 멈추지 않고, 쓰러지지 않고 달려갈 수 있는가. 한 치의 머뭇거림 없이 자신의 믿는 바를 실천하고 실현시킬 수 있는가' 그 답은 바로 인생이라는 거대한 하늘 아래 엎드린 땅과 같은 자세였습니다.

나용찬 저자가 보여주는 삶은 그리 복잡한 삶도 특별한 삶도 아닙니다. 단지 그 삶은 자신의 삶에 최선을 다하는 삶이고 나아가 자신에게 부끄럽지 않은 참된 삶을 사는 자세에 다름 아닙니다. 그리고 그런 삶만이 진정 가치 있는 삶이라고 이 책은 우리에게 담담하게 들려줍니다. 이토록 말도 많고 탈도 많은 시대에 자신의 뜻을 망설임 없이 펼치고 삶에 감사하며 사는 인생길을 바라보고 있자니 마음이 절로 훈훈해집니다. 많은 여러분들께서도 책 『꿈을 심는 희망의 새 길』을 읽으시고 자신 인생의 주인공이 되기 위한 첫걸음을 떼어보시길 바랍니다. 그리고 그 삶의 여정에 행복과 긍정의 에너지가 팡팡팡 샘솟으시길 기원드립니다.

하루 5분 나를 바꾸는 긍정훈련

행복에너지

'긍정훈련'당신의 삶을
행복으로 인도할
최고의, 최후의'멘토'

'행복에너지
권선복 대표이사'가 전하는
행복과 긍정의 에너지,
그 삶의 이야기!

인터파크
자기계발 분야 주간
베스트 1위

권선복 지음 | 15,000원

권선복

도서출판 행복에너지 대표
지에스데이타(주) 대표이사
대통령직속 지역발전위원회
문화복지 전문위원
새마을문고 서울시 강서구 회장
전) 팔팔컴퓨터 전산학원장
전) 강서구의회(도시건설위원장)
아주대학교 공공정책대학원 졸업
충남 논산 출생

책 『하루 5분, 나를 바꾸는 긍정훈련 - 행복에너지』는 '긍정훈련' 과정을 통해 삶을
업그레이드하고 행복을 찾아 나설 것을 독자에게 독려한다.
긍정훈련 과정은[예행연습] [워밍업] [실전] [강화] [숨고르기] [마무리] 등
총 6단계로 나뉘어 각 단계별 사례를 바탕으로 독자 스스로가 느끼고 배운 것을
직접 실천할 수 있게 하는 데 그 목적을 두고 있다.
그동안 우리가 숱하게 '긍정하는 방법'에 대해 배워왔으면서도 정작 삶에 적용시키
지 못했던 것은, 머리로만 이해하고 실천으로는 옮기지 않았기 때문이다. 이제
삶을 행복하고 아름답게 가꿀 긍정과의 여정, 그 시작을 책과 함께해 보자.

『하루 5분, 나를 바꾸는 긍정훈련 - 행복에너지』

천국 쿠데타(1, 2권)

민병문 지음 | 각 권 값 15,000원

소설 「천국 쿠데타」는 '천국'을 배경으로 우리에게 친숙한 성경 속 인물과 안중근, 정약용 같은 역사적 인물들을 등장시켜 색다른 재미를 안겨준다. 문학만이 펼칠 수 있는 독특한 상상력의 세계가 펼쳐짐은 물론, 종교라는 무거운 주제를 인문학적으로 접근하며 독자의 가슴에 깊은 감동을 새겨주고 있다.

갈 길은 남아 있는데

김래억 지음 | 값 25,000원

대한민국의 역사와 함께한 파란만장한 인생, 김래억 저자의 「갈 길은 남아 있는데」는 일제강점기와 한국전쟁의 비극을 겪고 성장한 저자의 일생을 담은 자서전이다. 남과 북을 넘나들며 민족의 대동단결을 위해 축산업을 통한 조국의 근대화와 대북 사업에 일생을 바친, 애국자 산업역군의 이야기가 감동적으로 다가온다.

헌혈, 사랑을 만나다

이은정 지음 | 값 15,000원

이 책은 저자가 혈액원에서 근무하며 만났던 수많은 헌혈자들과의 소중한 일상을 담은 책이다. 매혈에서 헌혈에 이르기까지 겪었던 파란만장한 역사 이야기, 우리가 잘 몰랐던 의학적인 관점에 근거한 혈액형 이야기, 그리고 헌혈과 관련된 수많은 감동적인 이야기로 구성되어 있다.

공공의 적

남오연 지음 | 값 9,000원

이 책은 법조계를 경제학적인 관점으로 재해석한 책이다. 저자는 법률시장이 오랜 기간 지니고 있는 문제점에 대해 당당히 일침을 가한다. 비록 짧지도 길지도 않은 10년이란 경력을 지녔지만, 누구보다도 냉철하게 법률시장의 논리를 꿰뚫고 있고 그 원리를 바탕으로 혁신적인 해결책을 제시하고 있다.

1598년 11월 19일 - 노량, 지지 않는 별

장한성 지음 | 값 15,000원

현재 공인회계사이자 세무사로 활동 중인 장한성 저자의 두 번째 장편소설이다. 고증을 바탕으로 한 이 팩션Faction은 현재 우리 대한민국에서 살아가는 모든 이들에게 삶의 진정한 의미는 무엇인지, 이 혼란한 시대를 이겨낼 힘은 과연 무엇인지에 대해 이순신 장군의 삶을 그려내며 진지하게 묻고 있다.

부모의 변화가 아이를 살린다

박영곤 지음 | 값 15,000원

책 『부모의 변화가 아이를 살린다』는 늘 아이 걱정에 고민이 많은 부모들이 스스로 긍정적으로 변화해야 자녀의 삶 역시 행복에 한걸음 더 가까워질 수 있음을 깨닫게 하는 '멘탈 혁신 자녀교육서'이다. 세부적인 멘탈코칭 Tip을 제시하여 부모들이 아이 교육에 바로 활용이 가능하도록 구성되어 있다.

사랑은 왜 낮은 곳에 있는가

이우근 지음 | 값 15,000원

『사랑은 왜 낮은 곳에 있는가』는 근래 대한민국의 부끄러운 현실을 엄정히 그려내면서도 미래에 대한 기대와 희망을 놓지 말아야 한다는 격려를 한꺼번에 담아낸 칼럼집이다. 우리 사회가 안고 있는 난제들을 어떠한 방식으로 풀어내야 하는가에 대해 때로는 차분하게, 때로는 속이 시원하게 전하고 있다.

남북의 황금비율을 찾아서

남오연 지음 | 값 16,000원

책 『남북의 황금비율을 찾아서』는 통일이란 쟁점을 화폐경제의 관점에서 접근하고 연구한 책이다. 한반도 내에서만이라도 북한 화폐가 명목지폐에서 벗어나 실물화폐의 역할을 할 수 있는 시스템을 고민하고, 이로써 통화의 부가가치, 즉 남북한 내 새로운 일자리 창출과 실질적 경제통합의 물꼬를 틀 수 있는 방안을 제시하고 있다.